ときのそら
バーチャルアイドルだけど応援してくれますか?

原作・原案：カバー株式会社
兎月竜之介

MF文庫J

口絵・本文イラスト●おるだん

【1】ときのそら、生放送中！

「そら、もうちょっと前に出て……」

「ええと、この辺かな……よし、ばっちり！」

わたしはスタジオの中心に立ってカメラ写りを確認する。

正面に設置されているモニターにはわたしの姿が映し出されていた。

ふわりとしたロングヘアーにぱっちりとした目、空色を基調としたノースリーブのジャケットにミニスカート、へそだしのブラウスに紺色のサイハイソックス、それからアクセントになっている赤いリボンと星の髪飾り。

これがわたし、バーチャルアイドルのときのそらだ。

夢は憧れの横浜《よこはま》アリーナでライブをすること！

わたしはそんな幼い頃からの目標に向かって邁進《まいしん》している。

今日もアイドル活動の一つ、自分のチャンネルで公開する動画の撮影だ。

「えーちゃん、今日はどんな動画を撮るの？」

わたしは撮影機材に囲まれている女の子に声をかける。

眼鏡をかけて青いリボンをつけている彼女は、わたしの親友であるえーちゃん。

本人は『友人A』と名乗っている。

えーちゃんはパソコンの操作や動画編集が得意で、わたしのアイドル活動を手伝ってくれている。今日もパソコンとにらめっこしながら裏方の仕事をしてくれているけど、最近はわたしと動画や生放送に参加してくれることも増えてきた。親友と一緒に活動できるのは本当に心強くて、わたしはいつもえーちゃんの存在に助けられている。

「そらにはＶＴｕｂｅｒさんたちの間で大流行中の企画に挑戦してもらうよ」

「大流行中の企画……ってなんだろう？」

「ふふふ、そらもＹｏｕＴｕｂｅで見たことがあるかもよ」

何やらほくそ笑んでいるえーちゃん。

わたしのように『ＹｏｕＴｕｂｅ』を通して動画配信している人は『バーチャルＹｏｕＴｕｂｅｒ』と呼ばれている。略して『ＶＴｕｂｅｒ』だ。そんなＶＴｕｂｅｒたちが現在急増中で、わたしもお友達がたくさん増えてくれたことがとっても嬉《うれ》しい。

「まずは私が見つけてきた参考動画をモニターに流すね」

「ありがとう、えーちゃん！　どんな企画なんだろう、ドキドキ……」

ピアノの弾き語りだったりしたらいいな、とわたしは内心期待していた。

わたしは小さなときから歌うことやピアノの演奏が好きだった。動画や生放送の企画で披露《ひろう》することも多くて、そのために今も練習を欠かさない。いつか横浜《よこはま》アリーナに立ったときも弾き語りをしてみたいな、と思ってるくらいだ。

「参考動画を見ているところから撮影するよ。リアクションもしっかりね」

「それじゃあ、撮影を始めるよ。三、二、一……」

えーちゃんがパソコンを操作すると、録画が始まるのと同時にモニターに参考動画が流れ始める。そこに映し出されたのは、見知ったVTuberさんがインスタントの焼きそばを食べようとしている姿だった。

「あっ！　これは最近話題の……アレだね！」

わたしは一目でピンとくる。

とんでもない辛《から》さと噂《うわさ》のインスタント焼きそば『ペヤング激辛やきそばEND（通称・激辛MAX END）』の完食に挑戦するというチャレンジ企画が、最近VTuberさんたちの間で流行中なのだ。

「すごく辛いってみんな言ってるけど、ちょっと麺《めん》が赤みがかってるくらいだし、わたしには普通に美味《おい》しそうに見えるんだけどな～」

「まあまあ、見てれば分かるよ」

えーちゃんの言った通り、そこからとんでもないことになっていた。

彼女のまとめてくれた参考動画では、何人ものVTuberさんが完食に挑戦したんだけど、誰もがその辛さに耐えきれずむせかえったり、テーブルをばしばしと叩《たた》いたり、椅《い》子《す》から転げ落ちそうになったり……いくらなんでもオーバーすぎるんじゃないかと思うほどのリアクションをしていた。

「痛いって言ってるよ〜。痛いってどういうことなんだろうね」

わたしは申し訳ないと思いつつも、ついついクスッとしてしまう。

リアクション動画って、どうしてこんなに面白いんだろう？

「な、泣きそうっ……泣きそうになってるっ！　泣きそうになってるっ！　それに水が止まらないみたい〜。みんな、すごい勢いで飲んでるよー。でも、お水だけじゃどうにもならないみたいだね」

「みなさん、本当に頑張って完食してたね」

「うん、わたしにはとても食べ切れそうにないなぁ……」

「というわけで、そらにも食レポしてもらおうと思います」

「えっ⁉」

「ほら、もう作ってあるから」

びっくりしているわたしの目の前に、えーちゃんがインスタント焼きそばを差し出してくる。どうやら、機材の陰に隠しておいたらしい。ご丁寧にも容器の湯切り穴から湯気が立つくらいのできたてだ。まだふたを開けてすらいないのに、中身が激辛だと思うだけで肩に力が入ってくる。

「ここで参考動画を見るシーンは終了……編集して動画の冒頭に入れておくね。ここから動画本編の撮影に移るから、まずはいつもの挨拶をよろしく」

「ううう……わかったよぉ……」

えーちゃんお決まりの急な無茶振り《むちゃぶ》にドギマギしつつも、わたしは正面のカメラに向けて挨拶する。

「そらとものみんなー、元気～？　ときのそらです……」

いつもの挨拶も今日はちょっぴり力が抜けてしまった。

ちなみに『そらとも』というファンの名称は、生放送の最中に視聴者のみんなと一緒に決めたものだ。ファンのみんなと気軽に交流できるのも、動画や生放送を中心に活動するバーチャルアイドルの魅力だと思う。

そして、動画を楽しみにしているそらとものみんなのためにも、ここはちゃんと食レポしながら完食しなきゃ！

「目指せアイドル、ときのそらチャレンジ！」

わたしはカメラに向かってタイトルコールする。

ときのそらチャレンジとは、わたしが一人前のアイドルを目指して色々なことに挑戦する企画だ。どんなことに挑戦するかは、えーちゃんが考えることもあれば、そらとものみんなが提案してくれることもある。

今回の企画は間違いなくえーちゃんが考えたものだ。えーちゃんって時々いじわるな企画を考えてくるんだよね……。でも、面白くなりそうな企画をちゃんと選ぶあたり、やっぱりえーちゃんの企画力はすごい。

「……というわけで、今日は『ペヤングやきそば激辛ＭＡＸＥＮＤ』の食レポをしたいと思いまーす」

わたしは動画を見てくれるそらともさんたちに向かって語りかけていく。

「わたしは激辛と呼ばれるものを食べた経験が今まで一度もないんです。だからね、どんな感じの反応になるか自分でも分からないから……ちょっと胸がバクバクしますね。なんか手もぷるぷるぷるぷるぷるって震えちゃってるし！」

カメラにうっすらと汗をかいた両手を見せる。

食べる前からこんな調子で、わたし大丈夫なのかな？

「というわけで、えーちゃんに作ってもらったペヤングやきそばげきかりゃ……激辛MAX ENDを食べたいと思いますっ！」

胸のドキドキで舌まで回らなくなってきた。

えーちゃんに見守られながら、焼きそばの容器のふたを開けてみる。

すると、ソースと青のりのいい匂いがふわりと香ってきた。

「香りは……うん、わたしの好きなペヤングなんですよ」

ここまで変わったところは特になし。

「だから、辛《から》そうな感じはないんですけど……試してみます！」

わたしはいただきますをしてから、意を決してペヤングやきそば激辛MAX ENDを一口食べてみる。

その瞬間、あの食べ慣れたペヤングの味が口いっぱいに広がった。

「うん……」

このペヤング……全然辛《から》くないよね？ なんというか普通に美味しい。ピリピリするような辛さの片鱗《へんりん》すら感じられない。えーちゃんが作り方を間違えるとは思えないし……それじゃあ、もしかしてわたしの味覚がおかしくなっちゃったとか⁉

わたしはちらりとえーちゃんに視線を向ける。

えーちゃんは「もっと食べて！」とジェスチャーをした。

「も、もう一口食べます……もう一口食べます！」

涙が出るくらいに辛いと評判のペヤングやきそば激辛MAX ENDを食べて、ちゃんとしたリアクションができなかったら企画としては大失敗だ。

今度は念のために口の中がいっぱいになるくらいがっつりとほおばる。

「ふっ……」

でも、やっぱりいつものように美味しくて、思わず変な笑いが漏《も》れてしまった。

「い、いや……ふ、普通に美味《おい》しいなぁ！」

背中にいやーな汗がにじんでくる。

(ど、どうしよう……絶対に辛いものを食べたときのリアクションが求められてるよね。この動画を見てくれるそらともさんたちも期待してるだろうし、企画の準備をしてくれたえーちゃんにだって迷惑をかけちゃうし――)

こうなったら覚悟を決めるしかない。

（わたしだってアイドルなんだから、演技くらいやりきってみせる！）

それに……そらとものみんなをがっかりさせたくない。

わたしは深く息を吸い込み、それから早口でまくしたてた。

「う、うわぁーっ！　辛い辛い辛い！　スゴイ辛い！」

だ、大丈夫かな？

分かりやすい棒読みになってたりしないよね？

「あ、味はスゴイ美味しいと思います！　なんだろうな、えっと……辛いもの好きな人にとってはもう最高のご褒美《ほうび》みたいな感じで……うん、後味がすごいんですよ！　な、なんだろうな……最初は普通に食べられるんですけど……」

困った！　食レポなのにいい感じのたとえが思い浮かばない！

焦るあまりに、本当に辛いものを食べたみたいに顔が熱くなってきた。

この熱さを表現するなら、たとえば――

「なんか……そう、なんか……口の中でドラゴンが火を吹いている感じ！　わたしの中でドラゴンが火を吹いて暴れているっていう感じの……痛いっていう感じですね。痛い感じの刺激がね、伝わってきます！　でも、この痛い感じがずっと食べてると心地よく……なってくるんじゃないかと思います！」

思いついたことは全部言ったけど、ちゃんと食レポできた気が全然しない。

「も、もう一回くらいチャレンジしてみよっかなと思います！」

わたしがあからさまにテンパっていると、

「あのね、そら」

食レポを静かに見守っていたえーちゃんが口を開いた。

「どう辛《から》いのか具体的に教えてくれないかな？」

「具体的にっ⁉」

ということは、わたしのさっきの食レポは全然具体的じゃなかった⁉

「も、もう一度行きます！　いただきます！」

わたしは今一度、ペヤングやきそば激辛ＭＡＸ ＥＮＤを口いっぱいにほおばる。

（や、やっぱり辛く感じない……食べ慣れた美味《おい》しさだ……）

わたしは頭をフル回転させて、辛さを想像しながら食レポを続けた。

「あの……口に入れた瞬間、ピリッとくるんだけど……そのピリッがじわじわと効いてきて一気にボ――――ンと爆発するみたいに膨《ふく》らむんですよ！　それを飲み込むわけだから、どんどん喉《のど》の辺りが熱くなってきて、その熱さが体をポカポカさせるので……寒いときにね！　食べるとね！　体が、にいいと思います！」

結論。

ペヤングやきそば激辛ＭＡＸ ＥＮＤは体が、にいい。

（こ、こんな食レポでよかったのかな……最後は噛《か》み噛みだったし……）

わたしが内心落ち込んでいると、えーちゃんがいつの間にか隣にいた。

眼鏡に照明が反射して、彼女の表情は読み取れない。

「そら、実はなんだけど……」

親友のえーちゃんは今回の企画にどんな評価を下すのだろう？

不安に思っているわたしに向かって、彼女はなんとも言えない顔をして言った。

「今回の企画……ドッキリでした！」

「………」

頭が冷静になるまで数秒の間。

わたしの脳裏を一連の食レポが走馬燈《そうまとう》のように駆け抜けていった。

「あ……あぁーっ！　そういうことかぁーっ！」

全てを理解した途端、わたしは思わず胸を撫《な》で下《お》ろしていた。

安心感から自然と頬《ほほ》が緩《ゆる》んでくる。

「これって激辛ＭＡＸ ＥＮＤじゃなくて普通のペヤングだよね？」

「うん、至って普通のやつ」

「そうだよね！　だって、全然辛くなかったもん！　本当にいつもの美味しいやつでさぁ
……もうね、わたしは自分がおかしくなったんじゃないかってびっくりした！　そっか、
ドッキリだったんだね……ちょっとホッとしたかも」

わたしにつられてか、えーちゃんも顔をほころばせる。

「そらのことだから、辛《から》いものを食べたふりをしてくれると思ってたよ。辛いものを食べたときのリアクションも企画としては面白いけど、私としてはそらの一生懸命に頑張ってる姿をそらとものみんなに見てほしかったからね」

「そういうことだったんだ……流石《さすが》はえーちゃん、わたしのことを分かってる！」

「そりゃあ、そらがVTuberを始める前から親友やってるからね。まあ、それはそれとして……そらには別の動画企画で、改めて激辛MAX ENDを食べてもらうからね」

「ええーっ!?」

一難去ったあとにまた一難とはこのことだろう。

えーちゃんがしょんぼりしてしまったわたしの肩を優しく叩《たた》いた。

「分かった、分かった。あとでなにか埋め合わせするから」

「本当？　わたしの好きなゲーム、動画企画で一緒に遊んでくれる？」

「それって私の苦手なホラーゲーム……いや、今回はそらもすごく頑張ってくれたし、次は私がそらのやりたい企画に付き合ってあげる順番かな。一応遊びたいゲームを考えておいてね、まだやるとは決めてないけど」

「やったーっ！　えーちゃん、ありがとう！」

わたしは嬉《うれ》しさのあまりえーちゃんに抱きつく。

ドッキリだったことにはびっくりしたけど、動画の企画としては成功したみたいで本当によかった。そらとものみんなにも楽しんでもらえたら嬉しいな、とわたしは今から動画の完成と公開が楽しみになっていた。

×

ドッキリ動画が公開されてから数日後。

ショートホームルームを終えて、今日も放課後がやってくる。

担任の先生が出て行くと、教室の空気が一気に緩《ゆる》んだ。

荷物をまとめて部活やアルバイトに急ぐ子もいるし、友達と楽しくおしゃべりしようとお菓子を取り出す子もいる。授業を終えて自由になり、みんなが自分のやりたいことを始めるこの瞬間が、わたしはなんとなく好きだった。

「うーん、今日の授業はおしまい！」

自分の机で大きく伸びをする。

わたしは三年生なので、ブレザーの学生服も着慣れたものだ。

アイドルになって横浜《よこはま》アリーナでライブすることを小さい頃から夢見ていたけど、高校に入学した頃は自分が本当にアイドルになれるとは思ってもいなかった。

しかも、学校に通いながらアイドルとして活動するだなんて、ちょっと前のわたしが聞いたら突飛すぎて信じないかもしれない。

「そら、今日は生放送だからね」

隣の席にいるえーちゃんが言った。

動画や生放送ではお決まりの「青いリボン」はしていないけど、知的な眼鏡は学校でも同じだ。

わたしも家では眼鏡をかけたりするけど、学校ではあまり変わらない。

「大丈夫だよ、ちゃんと覚えてるから」

「それでも確認するのが相方の役割ってものだからね」

わたしとえーちゃんは同じ高校のクラスメイトで、なんと席も隣同士だった。そのおかげでアイドル活動について話し合うときに（教科書を忘れちゃったときとかも）すごく助かっている。

それに親友と隣同士って……やっぱり素直に嬉《うれ》しいよね！

わたしたちの会話が聞こえたようで、クラスメイトたちから「ときの、頑張れよ！」とか「生放送、楽しみにしてるからね」とか声をかけられる。みんな、わたしたちの活動を応援してくれるそらともたちだ。

中には「えーちゃん、そらから目を離さないでね！」と注意してくれる子もいるけど、わたしってそんなに危なっかしく見えるのかな……？

スクールバッグを肩にかけて、えーちゃんがこちらに向き直った。

「それじゃあ、私たちもスタジオに行こうか」

「うん、遅刻したら大変だもんね」

わたしたちは一緒に教室をあとにする。

ここからのわたしは学生ではなく、バーチャルアイドルときのそらだ。

×

都内某所のスタジオに到着すると、わたしとえーちゃんはそれぞれ着替えを済ませて準備を始める。わたしはメイク、えーちゃんは機材のチェックだ。

わたしがいつもの衣装に着替えてスタジオ入りしても、えーちゃんはたくさんの機材を相手に奮闘《ふんとう》していることが多い。

そんなわたしたちが使っているスタジオだけど、実はカメラに映らないところはかなりゴチャゴチャしている。

バーチャル技術を使うことで、スタジオを海の中に沈めてしまうことも、天井から雪を降らせることも、その気になればスタジオごと宇宙に行くことも可能だ。

で、そんな奇跡を可能にするのが、三台のパソコンをはじめとする機材の数々だ。たくさんの精密機械と無数のコードに囲まれている様子はまさに秘密基地。そんな光景をわたしたち自身が作り上げたのかと思うと胸がジーンとする。

(でも、最初は、パソコンも一台しかなかったんだよね……)

このスタジオ自体も、わたしやえーちゃんと一緒に成長してきた。

ここまでくると、わたしたちにとってはもう一つの家みたいなものだ。

「おっ……着替えてきたね？」

えーちゃんがわたしに気づいてパソコンから顔を上げる。

「カメラのチェックをするからスタジオの真ん中に立ってみて」

「はーい」

わたしは言われるがまま、いつものポジションに立った。

確認用のモニターには、衣装を身につけたわたしの姿がちゃんと映っている。

「うーん……相変わらず袖がない」

わたしがそう呟《つぶや》いたら、途端にえーちゃんが吹き出した。

「い……いきなりどうしたの、そら？」

「わたしの衣装って何回か新しくなってて、どれも可愛《かわい》くて気に入ってるんだけど……どれも不思議と袖がないよね。そらとものみんなも気づいてるみたいで、たまに『今日も袖がないけど大丈夫？』とかコメントで聞かれるし……」

なにしろジャージ風の衣装まで袖がない徹底ぶりだ。

（もしかして何者かの陰謀なのでは――）

そこまで考えたことで、今度はふと別のことが気になってくる。

わたしはじぃーっとえーちゃんを見つめた。

「そういえばさあ、えーちゃんには衣装ってないの？」

「ないよ。あくまで裏方だからね」

「今日の生放送ではないけど、最近はわたしと一緒にカメラに写ることが増えてきたじゃん。だから、えーちゃんにもステージ衣装が必要なんじゃないかな？　もちろん、わたしと同じで袖のないやつね！」

「わたしはこれがあるからいいよ」

えーちゃんがよく着ている黒のシャツを指さす。

胸には『千里の道も一歩から』という格言がプリントされていた。

「よし、カメラと音声はＯＫ……って放送開始まであと五分しかない!?」

「まだ五分あるじゃ～ん」

「最終調整が大変なの！　そらの方は準備できてるの？」

「わたしはこれがあれば大丈夫だからね」

わたしがスタジオに持ち込んだのは、大好きな『い・ろ・は・す』の白桃フレーバーだ。

わたしはそれを『ももはす』と呼んで、収録や生放送のたびに飲んでいる。

えーちゃんがあきれた顔をしてパソコンの前に腰を下ろした。

「生放送を始めたばっかりのときは、そらもあたふたして可愛げがあったのにな……」

「せ、成長してる証《あかし》だから！　余裕の表れだから！」

こんな生放送前の掛け合いもいつものことだ。

えーちゃんと話していると、気持ちが弾んで緊張がほぐれる。

活動を始めたばかりのときは、あたふたしながら何度も時計を確認していた。でも、最近はこうして、落ち着いて生放送に臨《のぞ》めるようになっている。

(よーし、今日も楽しく生放送するぞ!)

そうこうしているうちに生放送のカウントダウンが始まった。
五、四、三、二、一……。

午後八時、今週の生放送が始まる。

流れ始める明るく軽快なBGM。

えーちゃんがパソコンを操作したことで、わたしたちのいるスタジオは明るく広々とした空間に変化した。

天井は全体が照明のようになっており、壁は青空のような青色、床は白いタイルが敷き詰められている。わたしの背後には横長のワイドスクリーンが設置されていて、爽やかな色合いの幾何学模様を映し出していた。

そして、わたしの目の前にはモニターが三つも並んでいる。

「そらとものみんなー、元気~?　ときのそらです!」

わたしはマイクを通して、そらとものみんなに問いかけた。

「そらとものみなさん、音量は大丈夫ですか?」

　すると、三つあるモニターのうちの一つ……コメント確認用のモニターに、そらとものみんなが書き込んでくれたコメントが表示され始めた。

　わたしやえーちゃんへの挨拶を書き込んでくれる人、最近公開した動画の感想を書き込んでくれる人、わたしの質問に答えてコメントしてくれる人……今日もたくさんのそらともさんたちが生放送に集まってくれている。

「うん、音量は大丈夫みたい」

　コメントを確認しながら、わたしはこくこくとうなずいた。

「それから、今日はあん肝《きも》もいるよ～！」

　わたしのその言葉を聞いて、スタジオに一匹のクマのぬいぐるみが現れる。

　大きさはちょうどわたしの膝《ひざ》の高さくらい。

　あん肝はわたしと小さい頃から一緒にいるクマのぬいぐるみだ。

　わたしがバーチャルアイドルとして活動し始めてから、いつの間にかしゃべったり動いたりするようになっていた。

　ちなみにあん肝という名前も、そらとものみんなが提案してくれたものだ。

　わたしが『暗記物』を苦手としている……というなんとも微妙なエピソードが元になっているんだけど、今ではわたしもすっかり愛着がわいてきた。何よりもあん肝自身が名前を気に入ってくれている。

　そんなあん肝は、時々こうして生放送に参加しているんだけど——

『今日はボクもお手伝いするよ……ヴァ!?』

わたしのそばまで軽やかなステップでやってきたと思うと、あん肝《きも》が仰向《あおむ》けにすってんころりんとしてしまう。しかも、まるでそこに落とし穴が掘られていたかのように、体が床にすぽっと埋まってしまった。仰向けで半分床に埋まっている姿は、さながら水面にぷかぷか浮いているかのようだ。

そらとものみんなからは、あん肝を心配するコメントが寄せられていた。

「大丈夫だよ！　あん肝は埋まるのが趣味だから！」

『やっぱり今日も埋まって見てることにするよ～。そら、頑張ってね～！』

あん肝がわたしに向かって手を振りながら、器用にカメラに映る範囲から移動する。

「うん、今日も頑張る～！」

ここからは気を取り直して、生放送も本格的にスタートだ。

おほん、とわたしは咳払《せきばら》いをする。

「それでは改めまして……そらとものみんなー、元気～？　ときのそらです！」

まずはいつもの挨拶と自己紹介。

この挨拶と自己紹介も、最初はちゃんと決まってなかったんだよね。

「今日は人気の企画を盛りだくさんでやっていきたいと思います！　事前に公開したお題に応募してくれた人は本当にありがとうございます。なるべくたくさん紹介するつもりなので楽しみにしてくださいね～？」

わたしたちとそらとものみんなで一緒に作る生放送が今日も始まる。

「それでは……ときのそらがあなたの心の空を晴れ晴れ元気にしちゃいます！」

「あなたの心はくもりのち晴れ！　ということで、最初のコーナーは『くもりのち晴れ』の生放送バージョンです！」

わたしの進行に合わせて、スタジオの空間にスライドが出現する。えーちゃんが操作して出してくれたものだ。

スライドには『くもはれとは？』と書かれている。

「くもりのち晴れ……略して『くもはれ』とは、そらとものみんなから送られてきたお悩み相談に対して、わたしが答えたり元気づけたりするというツイッター企画です。いつもは毎朝、短めの動画にして公開してるんだけど……今日はその出張版！」

わたしの言葉に応えるように「いつも楽しみにしています」とか「毎朝欠かさず見てるよ！」なんてコメントがモニターに表示されると、わたしもカメラに写っていることを忘れそうになるくらい顔がにやけてしまう。

（……って、にやにやしちゃってる場合じゃなかった！）

えーちゃんが「次のスライド出すよ」とカンペで教えてくれる。

「それでは最初のお悩みはこちら！」

スタジオに新しいスライドが現れて、それからカメラの隣にある台本確認用のモニターにお悩み投稿の文章が表示される。

「そらともネーム『社会人一年生』さんからのお便りです。社会人一年生さん、お便りを送っていただいてありがとうございます！」

わたしはそのままお悩み相談を読み上げる。

「**『はじめまして、社会人一年生といいます。私は名前の通り、今年就職したばかりの新社会人です。就職活動を頑張った甲斐《かい》もあって、第一希望の会社に入社することができました』**……おおーっ！　それはいいことだよね。おめでとうございます♪」

わたしにも横浜《よこはま》アリーナでライブするという夢があるから、そらとものみんなから夢や目標を叶《かな》えたという話を聞くと、つい自分のことのように嬉《うれ》しくなってしまう。それでついつい話し込んで、お悩み相談なのに本題から外れてしまうこともしばしば……。

（でも、夢を叶えたのならお悩みってなんだろう？）

わたしはお悩み相談の続きを読み上げる。

「**『第一希望の会社に就職できた私ですが、同じ部署の上司とそりが合わず、いつもいじわるされてばかりです』**……ううう、それは確かに大変だよね。でも、せっかく入りたかった会社に入れたんだもん、大変でも簡単にやめたりはできないよね」

わたしはバーチャルアイドルをしている上で、誰かにいじわるされることなんてないけど（たまにえーちゃんから無茶振《むちゃぶ》りされるくらいかな？）、夢を追いかけるのに困難はつきものだし、社会人一年生さんの苦労は本当によくわかる。

わたしはお悩み相談の最後の文章に目を通す。

「『そんないじわるされてばかりの毎日を送ってきたせいで、私の心はすっかりお疲れモードになってしまいました。ときのそらさん、心の疲れてしまった私に優しくヨシヨシしてください』……ふむふむ、それなら任せてよ～！」

こういう相談なら大得意だ。

「いつもお仕事お疲れさま。今日もたくさん頑張ったね～」

わたしは目の前のカメラを、社会人一年生さんだと思ってなでなでする。

「よしよし♪　よしよし♪」

同じような悩みを持つ人が多いのか、そらともさんたちのコメントにも、癒《いや》された、励まされた、と伝えてくれるものがいくつも見られた。みんなの喜んでくれている反応を見ると、わたしも一緒に嬉しくなってくる。

えーちゃんの方をチラ見すると「いい感じ！」とうなずいていた。

「えへへ、ちゃんと社会人一年生さんの心の疲れを癒すことができたかな？　わたしでよかったら何度でも励ましますから、またお便りを送ってくれたら嬉しいです。社会人一年生さん、お仕事頑張ってください♪」

わたしはカメラ越しに社会人一年生さんにエールを送る。

さあ、気持ちよくお悩みを解決して、二つ目のお悩み相談だ。

「えーちゃん、次のお悩みをお願いします！」

わたしがそう言うと、スタジオのスライドが新しいものに切り替わり、モニターに次のお悩み相談が表示された。

「そらともネーム『受験生』さん……ほあぁ～。受験生さんってことはわたしと同じ高校三年生なのかな？　それとも中学三年生とか？　まさか、中学受験の小学生……ってことは流石《さすが》にないか」

わたしはお悩み相談を読み上げ始める。

「**『そらちゃん、えーちゃん、いつも楽しい放送をありがとうございます』**……えへへ、どういたしまして♪　**『僕は大学受験を控えている高校三年生なのですが、受験勉強になかなか集中できません』**……わ、分かるー！　それすごい分かるー！」

わたしが思わず共感してうなずいていると、

「そらはテスト中に居眠りするからね」

パソコンの前にいるえーちゃんが、思わぬネタを暴露してきた。

「い、居眠りなんてしないよぉ！」

「そら、目が泳いでるよ」

「ううう……えーちゃんはいじわるだぁ！」

えーちゃんはわたしと違ってマイクをつけてないけど、わたしのマイクを通してそらとものみんなにも声が届いているらしい。お悩み相談をするつもりだったのに、わたしの恥ずかしい話をいきなりバラされてしまうなんて……。

するとと、さっそく「そらちゃん、ダメだよ！」というお叱りの声やら「そらちゃん、大丈夫？　寝不足？」という心配の声やらがコメント欄に寄せられていた。気にかけてもらえているのは嬉《うれ》しいけど、ますます恥ずかしい！

わたしは気を取り直してお便りの続きを読む。

「『**最近は受験勉強に集中できない自分自身にもやもやしています。そらちゃん、どうか集中力のない僕に喝を入れてください。どんな厳しい罵倒でも〝ザシュ！〟でも覚悟しているのでよろしくお願いします**』……おおーっ、すごいやる気だぁ！」

わたしはすぐさま、両手でダブルピースを作る。それから、パンチするように両手を突き出した。

「そんなことを言うと本当に『ザシュ！』やっちゃうよ？」

この『ザシュ！』というのは、生放送中に生まれたわたしの必殺技だ。

命中するとあん肝《きも》を画面外まで吹っ飛ばすくらいの威力があるけど、どうしてそんなに強いのかはわたし自身もよく分かっていない。

（それにしても罵倒だなんて、むむむ……よし思いついた！）

わたしはえーちゃんにチラッとアイコンタクトを送る。

すると、わたしの目元に赤い縁の眼鏡が現れた。

「受験生さん……あんまりたるんでると、えーちゃん先生がお仕置きしちゃうぞ！」

すると、機材の山の中から「私がぁ!?」とびっくりする声が上がった。

えーちゃんが珍しくあわあわとしている。

「わたしよりもえーちゃんの方が先生っぽいからね」

それにわたしの恥ずかしい秘密をバラしたことのお返しだ。

(ふふふ……たまにはわたしの方から無茶振《むちゃぶ》りしないとね!)

わたしは改めてカメラをじぃーっと見つめる。

「それにちゃんと受験勉強をしないと、わたしが大好きなこわぁ～いホラーゲームをやらせちゃうぞ～! 受験生さん、しっかり勉強しなきゃダメなんだぁ! がおーっ!」

わしづかみで爪を立てるように両手を構えて、わたしは狼男《おおかみおとこ》になったような気持ちで脅《おど》かしてみる。

ところが、そらとものみんなからは、なぜか「かわいい!」とか「そらちゃんになら噛《か》まれたい!」とか、喜んでいるような反応がいっぱい送られてきていた。

「わ、わたしとしては叱ったつもりなのに……なーんでなーんだいっ!」

えーちゃんの方を見てみたら、両手で大きな丸を作っていた。

どうやら、さっきのでよかったらしい。

「な、なんだか腑《ふ》に落ちないけど……最後のお悩みに行きまーす」

本当はもっとたくさんのお悩みを解決したいけど、このあとにもやりたいコーナーが残ってるし、生放送は一回一時間と決まっている。

えーちゃんがパソコンを操作すると、わたしのかけていた眼鏡が回収された。

そして、最後のお悩み相談が表示される。

「そらともネーム『永遠の大学生』さんからの投稿です。お便りを送ってくれてありがとうございます！　でも、大学生なのに永遠とは一体……むむっ！」

えーちゃんから「そこは深く突っ込まないでね」と小声で諭《さと》された。

ともあれ、相談の続きを読み上げる。

「**『ときのそらさん、友人Aさん、それからあん肝《きも》さん、初めまして！　永遠の大学生というものです。実は最近、不運な事故に遭《あ》って生まれて初めて右足を骨折してしまいました』**……ああー、それはしょうがないよ～。骨は折れるものだからね～」

これもまた共感せざるを得ない。

「**『毎日の生活が不便でしょうがなく、リハビリも大変そうで憂鬱《ゆううつ》です』**……分かる！　これも分かるよぉ！　なになに……**『これから骨折と長い付き合いになりそうなので、よく骨折するというときのそらさんからアドバイスがほしいです』**か。ほほぉー」

わたしはプロフェッショナル気分で腕組みした。

「骨折についてはわたしも経験があるからね。跳《と》び箱を跳んだら手の指を骨折しちゃったり、走ってるときとか走り高跳びをしてるときも……いや、わたしの怪我《けが》の話ばっかりしても仕方ないんだけど――」

そんなことを話していたら、そらとものみんなから「体を大切にして！」とか「転ぶんじゃねえぞ！」とか「カルシウムをたくさん取ろう！」とか、心配してくれるコメントがたくさん送られてきた。

「あ、ありがとう～！　なんか、わたしの方が心配されちゃったね」

わたしは嬉《うれ》しいやら気恥ずかしいやら。

「でも、今はもう大丈夫さぁー！　ダンスの練習をするときも怪我《けが》をしないように注意してるもん。それに今はもう、わたしだけの問題じゃないからね。そらとものみんなのためにも、手伝ってくれてるえーちゃんのためにも、怪我なんてしてらんないよ！」

さあ、ここからは肝心の相談に対するアドバイスだ。

「骨折とおつきあいするときのコツだけど……やっぱり松葉杖《まつばづえ》かな！」

わたしは体を横に向けて、左手を高く上げてみせる。

「体重を支えるものだから、ちゃんとワキに挟んで……あっ！　わたしの衣装、袖がないからワキが見えやすいな。んんっ？　コメントでおにぎりの話題が上がってるけど、松葉杖とおにぎりは関係ないからねっ⁉」

こんな感じで歩いてね、とわたしはエア松葉杖で歩いてみせる。

慣れてくると、これで結構快適に移動できるのだ。

わたしは片足ぴょんぴょんで何度もスタジオを往復した。

「永遠の大学生さん、参考になりましたか？」

うっすらとかいた額の汗をハンカチで拭き取る。

わたしがモニターを確認すると、そらとものみんなからの反応がたくさん流れてきていた。なにやら「ちょうど骨折してたから助かる」というコメントがいくつもあったけど、本当にみんな骨折してるのかな？

そんなコメントの中に「投稿主さんいたよ！」という発言をいくつか見つける。

「えーちゃん、ちょっと戻して！」

「うん、ちょっと待ってね」

わたしがモニターを指さすと、えーちゃんがコメントをさかのぼってくれた。

すると、そらとものみんなが教えてくれた通りに、永遠の大学生さんからの『教えてもらったやり方で松葉杖を使ってみます！』というコメントを見つけることができた。どうやら生放送を見ながらコメントしてくれたらしい。

「参考にしてもらえて嬉しいなぁ〜、えへへ〜♪」

こういうリアルタイムのやりとりができるのも生放送のいいところだ。

「今日もみんなを元気づけられたかな？　それではみんなもいってらっしゃい……って、いつもなら言うところだけど、ひとまず『くもはれ』の出張版はここまで！　お悩み相談や元気づけてほしいリクエストはいつも募集中なので、そらとものみんなは気軽に送ってくださいね。それでは次のコーナーです！」

続いて、二つ目のコーナーも人気の企画だ。

でも、それには少しだけ準備が必要になる。

「ちょっと待ってくださいね」

わたしがそう言うと生放送の配信画面が『準備中』の画像に切り替わる。

それから、えーちゃんが大急ぎで機材を準備してくれた。

「よし！　できたよ、そら！」

てきぱきと作業を終えて、パソコンの前に戻るえーちゃん。

生放送の配信画面も元に戻り、わたしの顔のアップが映る。

「二つ目のコーナーは……バイノーラル台詞《せりふ》リクエストでーす！」

目の前のテーブルに置かれたのは『バイノーラルマイク』という機材。

マネキンの頭の部分のような見た目をしており、左右の耳の位置にマイクが取り付けられている。このマイクに話しかけると音が立体的に拾われて、聞いている方はまるで本当に耳元で話しかけられているように感じるのだ。

そらとものみんなからも「待ってた！」とか「リクエスト採用されるかな～？」と楽しみにしている様子がうかがえた。

「これからツイッターで募集した台詞をわたしが読み上げます。バイノーラルマイクを使ってるとき、イヤホンやヘッドホンで聞いてもらうとものすごく臨場感が出ますから、ぜひ試してみてくださいね！」

バイノーラルマイクを使った配信は、VTuberの間で流行の企画でもある。

でも、耳元がくすぐったいのが苦手な人は要注意。

前置きを済ませたところで、モニターに台詞が表示された。

「おおっ⁉」

わたしは表示された台詞の長さにびっくりして、思わず前のめりになってモニターを見つめる。

えーちゃんが「今回は特に長めのやつを選んでみたよ」としたり顔で言った。

「むむ……えーちゃんてば、わざと難しいのを選んだな！　でも、わたしは台詞の読み上げもこっそり練習してるからね。えーちゃんがびっくりするくらいの名演技をしてみせるよ！」

わたしは改めてモニターに表示された台詞を確認する。

（これはクラスメイト同士の会話っていうシチュエーションだね。夕日の差し込んでいる放課後の教室でわたしが告白する。漫画ではよくある場面だと思うけど、現実ではそもそも告白したことすら……はっ⁉）

いきなり弱気になってる場合じゃない！

わたしは大きく深呼吸をして集中力を高める。

（ここはスタジオじゃなくて、放課後の教室なんだ……）

西日が差し込んで全てはオレンジ色に染まっている。

聞こえてくるのは吹奏楽部が練習しているトランペットの音色《ねいろ》。

わたしは告白相手の姿を思い浮かべて台詞《せりふ》を読み上げる。

「ごめんね、いきなり呼び出したりして……」

微《かす》かに震えるわたしの声。

好きな人に告白するんだもん、声は震えるものだよね。

「今日はどうしても……きみに伝えたいことがあるの。言葉にしてしまったら最後、今までの関係が変わってしまいそうで、それがとても怖くて……でも、勇気を出してわたしの気持ちを伝えるね」

他の誰にも知られたくない。

でも、きみだけには伝えたい。

わたしはバイノーラルマイクの耳元で、ささやくようにして告白する。

「きみのこと……大好きだよ」

そうして、台詞を読み終わった瞬間——

「か、噛《か》まずに言えたよぉ～っ！」

わたしはホッとして思わず脱力してしまった。

そらとものみんなからは「すっごく可愛《かわい》かったよ！」とか「本当に耳元で告白されたみたい！」とか「恋人を通り越して結婚したい！」とか、かなりいい感じに楽しんでもらえたみたい。

ちゃん
気持ちいい
ガチ恋
すき・
ああああああ
あっ
あっ・・耳

「みんなのこと、胸キュンさせられたかな？」

わたしはバイノーラルマイクを通して、そらとものみんなに問いかける。

えーちゃんの方をちらりと見てみたら、小声で「告白したあとの余韻をもっと大事にして！」と言われてしまった。

（むむっ……えーちゃんの演技指導はなかなか厳しいな！）

バイノーラルの道は一日にしてならず、である。

「それでは次の台詞《せりふ》にいきまーす！」

モニターに二つ目の台詞が表示された。

「これは……ほうほう、これはそらとものみんなを励ます系のやつかな。みんなに膝枕《ひざまくら》をしてあげて、ひなたぼっこしながら頭をなでなで……みたいな？　『くもはれ』の相談もそうだったけど、みんな本当に甘えん坊さんなんだぁ！」

台詞リクエストの末尾には「子供をあやすようなイメージでお願いします!!」と力の入ったお願いが添えられていた。

わたしは膝枕のシチュエーションを想像する。

（といっても、あんまり膝枕をした経験はないなぁ……これはむしろ、わたしが膝枕をしてもらったときのことを思い出せばいいのかな？　小さいとき、お母さんに膝枕で耳かきしてもらったのは確かに気持ちよかったよね）

しっかりイメージを固めてから、バイノーラルマイクに向かってささやいた。

「そらとものみんな、元気～？　……じゃないみたい。毎日忙しそうにしてたものね。ほら、わたしの膝の上に頭をのっけて楽にしてみて？　そうそう、そんな感じでいいよ……はい、よくできましたぁ～♪」

えーちゃんの方をチラッと見てみると「うんうん……」と相づちを打ちながら読み上げに聞き入っていた。

（これはえーちゃんからも高評価をもらえそうな予感！）

わたしは右のマイクに続いて、今度は左のマイクに語りかける。

「いつもお疲れさま。大変だったこと、失敗しちゃったこと、傷ついたこと……生きてるとたくさんあるよね。でも、それは頑張ってる証拠なんだって、わたしはちゃんと知ってるよ。だから、今日はわたしがあなたのことをたくさん癒《いや》してあげるからね」

わたしはカメラを上目遣いで見上げると、バイノーラルマイクを膝枕した相手に見立ててなでなでした。

さらさらとした肌触《はだざわ》りがまるで本当に髪をなでているような音を立てる。

「なでなで♪　なでなで♪　なでなで♪　辛《つら》かったことはぜーんぶ忘れて、たくさん甘えていいからね……えっ？　耳かきもしてほしいの？　子守歌も歌ってほしい？　うーん、しょうがないなあ。あなただけの特別だから……ね？」

なんとか最後まで台詞を読み切る。

モニターを見てみたら、そらとものみんなからたくさん感想が寄せられていた。

今回も好評のようで「永遠に甘えていたい！」とか「お姉ちゃんみたいだ……」とか、さらには「聖母のような包容力」なんて言ってくれている人もいる。昇天している天使のようなマークもたくさん並んでいた。

「せ、聖母なんて言われるとスケールが大きすぎてちょっと恥ずかしいなぁ……ちょ、ちょっと！『ｚｚｚ……』ってコメントしてる人は眠っちゃダメだよぉ！　まあ、膝枕《ひざまくら》って気持ちいいから、うとうとしちゃうのも分かるけどね」

ちなみにえーちゃんからも「私も最高に眠たくなってきた」とお墨付きをもらった。

それって『いい意味で』ってことだよねっ⁉

「も、もぉーっ！　それじゃあ、次の台詞《せりふ》ね！」

ともあれ、二つ目の台詞も上手に読み上げることができた。

えーちゃんが「次の台詞で最後だからね」と言って、モニターに三つ目の台詞を表示させてくれる。

（告白系、励まし系に続いて最後の台詞は――）

モニターで台詞を目の当たりにした瞬間、

「お、おぉ……うん……」

わたしは思わずジト目になってしまった。

「こ、これは……いわゆるヤンデレ系ってやつだよね？　バイノーラル企画のときになぜか毎回リクエストされてる気がするけど……みんな、ヤンデレそんな好きなの？　ヤンデレって怖いものじゃないの？」

わたしの大好きなホラーゲームにも時々ヤンデレの女の子が出てくるけど、やっぱり台詞は怖くて迫力があるものばかりだ。

でも、そらとものみんなのコメントを確認してみたら「我々にとってはご褒美《ほうび》！」とか「ちょうどヤンデレを切らしてた」とか、むしろ楽しみにしている人が多いらしい。みんな、メンタルが『つよつよ』だ。

それなら、わたしも全力で台詞を読み上げよう。

ふふふ、つよつよメンタルのみんなの背筋も凍らせちゃうぞ～！

「……ねえ、どうしてわたしに振り向いてくれないの？」

ヤンデレの女の子が包丁を向けている光景を想像する。

ゾクッとするような声音を目指して、わたしは台詞の続きを読んだ。

「最近、あの子とばっかり話してるよね？　わたし、あの子のことなんて嫌い……嫌い、嫌い、大嫌いっ！　あの子のせいであなたは私に振り向いてくれない。わたしとあなたの関係をこれ以上邪魔するなら……わたし、もう我慢できないから」

カメラのレンズを通して、そらとものみんなをじっと見つめる。

「えっ？　もう他の女の子には振り向かない？　わたしだけって約束してくれる？　嬉《うれ》しいなぁ……やっぱり、あなたに合う女の子はわたしだけだもんね。うん、あなたの言葉を信じてあげる。でもね――」

わたしは最後の台詞《せりふ》をささやくように読み上げた。

「約束を破ったら、あなたのこと×しちゃうから……」

台詞を読み終わって、わたしはふぅと息を吐いた。

(これはなかなか怖そうに読めたんじゃないかな?)

わたしが期待しながらコメントを見てみると、そらとものみんなはやっぱり「そらちゃんになら追いかけられたい!」とか「ヤンデレ台詞、ありがとうございます!」とか、怖がる素振りもなく喜んでいるようだった。

「ぜ、全然怖がってないじゃーんっ!?」

えーちゃんはどうなのかと見てみたら「むしろ結果オーライ」と言わんばかりに、腕組みして満足そうな笑みを浮かべていた。

そんな親友の笑顔を目の当たりにして、最初は戸惑っていたわたしまで気持ちがほぐれてくる。

(狙っていた反応とは違ってたけど、そらとものみんなに楽しんでもらえたし……まあいいのかな? でも、わたしはいつかヤンデレ台詞で、みんなをゾッとさせることを諦《あきら》めないよ。そのときはパワーアップしたときのそらを見せるからね!)

わたしは新たな決意を胸に、台詞リクエストのコーナーをやり遂げる。

「さあ、次は本日最後のコーナーです!」

生放送の配信画面を『準備中』にしてから作業を済ませる。

カメラの映像がスタジオに戻ったとき、そこには電子ピアノが出現していた。

えーちゃん、流石《さすが》は準備に手慣れている。

「はい、三つ目の企画はピアノ弾き語りのコーナーです！」

ピアノを弾きながら色々な曲を歌うこの企画は、そらとものみんなから人気があるのもさることながら、わたしの好きなものがたくさん詰まったコーナーだ。

慣れ親しんだクラシック曲、大好きなボカロ曲、そらともさんたちのリクエストも多いアニメやゲームの曲など、今までいろんな曲に挑戦してきた。

「今日はｓｏｒａＳｏｎｇの『夢色《ゆめいろ》アスタリスク』を弾き語りします！」

わたしがそう言った瞬間、そらともさんたちのコメントが一気に盛り上がった。

『ｓｏｒａＳｏｎｇ』とはファンが作ってくれたオリジナル曲のことだ。

その中でも『夢色アスタリスク』は最初期に提供されたもので、わたしは歌った動画を公開しているし、以前の生放送でも歌ったことがある。

この曲はかなりの高音キーが特徴で、そらともさんたちの中には「こんな高音の曲をときのそらに歌わせて、喉《のど》を傷《いた》めないか心配だ……」と不安がる人も多かった。

でも、わたしは喉を傷めないようちゃんと歌の練習をして、歌える自信があったからこそ動画や生放送に挑戦した。

そのときの努力のおかげもあって、わたしは色々な高音キーの曲を歌えるようになり、バーチャルアイドルとして一回り成長することができた。

（だから、この曲には思い入れがあるんだよね……）

わたしは電子ピアノの前に腰を下ろした。

最後にえーちゃんから「始めて大丈夫だよ！」のサインを確認する。

それから、電子ピアノに置かれている楽譜に視線を向けた。

「聞いてください……夢色《ゆめいろ》アスタリスク」

指先で軽やかに電子ピアノの鍵盤を叩《たた》き始める。

（わたしのピアノは決して完璧じゃない。生放送の緊張感で間違えてしまうこともある。そのたびに自分の未熟さを痛感する。それでも、何度だって挑戦するんだ。好きな曲を歌いたい……その気持ちは誰にも止められないんだから！）

高音キーと速いテンポの組み合わせはやはり難しい。

指は絡まりそうになるし、呼吸は苦しくなってくる。

額にはじんわりと汗が浮かび、全力で走っているように体が熱くなる。

でも、だからこそ、歌いきったときの達成感もひとしおだ。

五分の曲が気づけば一瞬。

わたしは『夢色アスタリスク』の弾き語りを歌いきっていた。

「ふぅ……えへへ」

緊張からの解放感で思いがけず笑みがこぼれる。

わたしは傍らのペットボトルに手を伸ばした。

桃のすっきりとした甘さがわたしの体をいたわってくれる。

モニターを見てみたら「８８８８８８」という拍手を表すコメントがたくさん寄せられていた。生放送ならコメント欄を通じて拍手を送ることだって可能だ。熱心にアンコールを求めてくれるそらともさんも多かった。

「まるでスタジオじゃなくてライブ会場にいるみたいだね～♪」

わたしはニコニコしながら送られてくる感想を眺めていた。

そんなとき、スタジオに明るく楽しげなＢＧＭが聞こえてくる。

これは下校時に流れる『蛍《ほたる》の光《ひかり》』みたいなもので、生放送の終了時間が迫るとえーちゃんがいつも流してくれるのだ。

モニターには「今日も楽しかった！」とか「ピアノの弾き語り、最高だったよ！」とか、そらともの みんなからの嬉《うれ》しい感想がいくつも表示されている。

そんな様々な感想の中に「行かないで……」という切実なコメントを見つけると、わたしはついクスッとしてしまった。

「楽しい時間はあっという間だよね。わたしも終わらせたくないなぁ……もうちょっとお話しできないかなぁ……」

えーちゃんにチラチラと視線を送ってみる。

でも、返ってきたのは両手で作られた大きなバツだった。

生放送をもっと続けたいけど時間だけは仕方がない。動画の撮影に新しい企画の打ち合わせ、歌やダンスの練習、学校の宿題にテスト勉強……わたしたちは『やりたいこと』と『やらなくちゃいけないこと』がたくさんあるのだ。

「名残惜しいけど今日の生放送はこれでおしまいです。『くもはれ』の出張版にバイノーラル台詞《せりふ》リクエスト、それからピアノの弾き語り……全部ちゃんと楽しんでもらえたかな？　来週の同じ時間にも生放送する予定なので、そらとものみなさんは楽しみにして待っていてくださいね～♪」

わたしはカメラ越しにそらとものみんなに向かって手を振る。

「また会おうね～。ばいば～い！」

えーちゃんがパソコンを操作すると生放送の配信が終了した。

コメント欄には、そらともさんたちの応援や感想が流れ続けている。

「お疲れ、そら」

えーちゃんがタオルを持ってきてくれる。

わたしはそれを受け取って汗を拭《ぬぐ》った。

「えーちゃんもお疲れさま。今日もお手伝いしてくれてありがとう！」

「私としてはこれといったトラブルもなくてホッとしたよ。それにどのコーナーも好評だったし、これは生放送をあとから見てくれる人たちの感想も楽しみだね。あとでツイッターの感想も検索しておくよ」

「明日が楽しみだなぁ～」

わたしたちは微笑《ほほえ》み合う。

今日も慌ただしくも楽しい、あっという間の一時間だった。

×

翌日の教室にて。

朝のホームルームの時間が迫り、すでに大半のクラスメイトが揃《そろ》っていた。

「えーちゃん、昨日の生放送の反響はどうだった？」

わたしは隣の席でスマホをいじっているえーちゃんに問いかける。

「お悩み相談で少しは頼れるところを見せられたと思うし、台詞リクエストで演技が上達して見えたかどうかも気になるし、ピアノの弾き語りも楽しんでもらえたかも――」

「あー、それなんだけどさ……」

えーちゃんがなぜだか気まずそうな顔をした。

「お悩み相談では疲れたそらともさんのみんなをヨシヨシしたり、台詞リクエストでは膝《ひざ》枕《まくら》で甘えさせてあげたり……そんな行動に母性を感じているそらともさんたちが、そらのことを『ママ』って呼んでるみたいなんだよね」

「マ、ママって……えええっ!?」

わたしは思わず立ち上がり、教室中に聞こえるほど声を張り上げてしまった。

「女子高生なのにママって……なーんでなーんだいっ!!」

案の定、クラスメイトたちがザワザワし始める。

わたしは慌ててみんなに向かって主張した。

「な、なんでもないよー! き、気にしないでねー?」

「生まれ持った優しさから女子高生なのにママと呼ばれるなんて、バーチャルアイドルとして持ってるんだか持ってないんだか……」

「もぉ〜、だからママじゃないってば〜っ!」

わたしは椅子《いす》に腰を下ろし、ふぅーっと小さなため息をついた。

「まあ、楽しんでもらえてるならいいんだけどね〜」

「他にも色々な感想があってさ、ほらこれなんか――」

わたしたちはスマホを覗《のぞ》き込《こ》んで、そらともさんたちの感想を読み始める。

思わぬハプニングもあるけれど、わたしはこんな感じでアイドルをしている。

そらとものみんなに支えられながら、えーちゃんと二人三脚の毎日。

横浜《よこはま》アリーナでのライブを目指して邁進《まいしん》中だ!

あなたの心は…
「くもりのち晴れ！」
ライトノベル出張版
ホロライブ編

ヴァンパイアの女の子。
ヴァンパイアなのに血は苦手で、
アセロラジュースが大好き。

Twitter▶ @yozoramel

YouTube チャンネル▶

そらともネーム：夜空メル

メルは魔界で天才ヴァンパイアとして名高いはずなのに、周りの皆は「メルちゃんは天災」「メルメルは頭悪いからなあ」なんて言われます！
どうすれば天才と認められるでしょうか？

Answer

「頭がいい」とか「勉強ができる」だけが天才じゃないから、メルちゃんが天才っていうのは間違いないと思うんだ！　だから自分の得意なことをみつけて、たとえばメルちゃんならアセロラジュースが好きだから「メルは利きアセロラジュースの天才です!」ってみんなに主張しちゃえばいいと思う！　問題のお勉強は…今度一緒にお勉強会をひらいてがんばろっか…。

あなたの心は…

「くもりのち晴れ!」

ライトノベル出張版

ホロライブ編

異世界から来た女子高生。
好奇心旺盛であり、
色々なことに積極的に手を出していく。
彼女のトレードマークである
ツインテールは不思議な力で浮いている。

Twitter▶ @akirosenthal

YouTube チャンネル▶

そらともネーム：アキロゼ

アローナ⌒(•ω•｡)⌒

ワタシはホラーゲームをすると全部にビックリパニックしちゃってみんなの鼓膜をよくパーンしちゃうんです…鼓膜破壊が止められないんです…!

どうしたらそら先輩みたいにホラーゲームを楽しくプレイ出来るのかな～？

教えてそら先輩～っ!

ぐぅぅ…あっ、お腹なっちゃった(:3」∠)

ホラーゲームは楽しいゲームだよー!　腕は取れるものだし、主人公は強いから心配ないのです!それでも怖いときは、そうだなぁ…自分よりもホラーゲームに怖がってくれる人を呼んでくれば怖くなくなるんじゃないかな?　よかったら今度えーちゃんをアキちゃんの森に連れてくね…あ、でもそしたらえーちゃんが鼓膜破壊しちゃうからダメだね。まぁでも鼓膜を破壊しても、ゲームを楽しんでいれば大丈夫だと思います、お腹の音もごまかせるしね!

【2】ときのそらが学ぶシリーズ　ネットのあるあるネタ

「それじゃあ、また来週の生放送で会おうね。ばいば～い♪」

今日の生放送はおしまい。

わたしは心地よい疲労感を覚えながら、カメラの範囲外にある椅子《いす》に座った。

大好きな『ももはす』を飲んで渇いた喉《のど》を潤す。

「ぷはぁ……はぁあああー」

「今日はお疲れみたいだね」

えーちゃんがわたしの方に駆け寄ってくる。

「うーん……」

わたしは自分の太ももをモミモミとマッサージした。

「そらとものみんなから『止まるんじゃねえぞ』ってコメントが来るでしょ？」

「あー、色々なタイミングでコメントされてるよね」

「なるべく止まらないように生放送中は動き続けてるんだけど、なにしろ一時間も動きっぱなしだから脚が太くなりそうで心配なんだよね」

「だから、放送中にあんな小刻みにステップしていたわけか……」

えーちゃんがあきれたように目を細める。

「前々から思ってたけどさ、そらは『ネットのあるあるネタ』に全然詳《くわ》しくないよね」

「ネットのあるあるネタって？」

「ネットで有名な漫画、アニメ、ライトノベル、ゲーム……その中に出てくる定番のシチュエーションとか、みんな知ってるレベルの有名な台詞《せりふ》とかのことかな。生放送の最中もよく使われてるね」

「ぜ、全然気づかなかった……」

しかし、改めて今までの生放送を思い返してみると、そらとものみんなから寄せられたコメントの意味が分からなくて、あたふたしてしまった場面が確かに多かった。

そして、それとは逆にわたしが的外れなことを言ってしまって、そらとものみんながぽかーんとしてしまったこともある。まさか、それがわたしの知らない有名なあるあるネタだったなんて……。

「……いや、落ち込んでなんかいられない」

わたしは椅子《いす》から立ち上がって宣言する。

「えーちゃん！　わたし、勉強する！　ネットのあるあるネタに詳しくなる！」

「あの勉強嫌いのそらが……よし、それなら協力は惜しまないよ」

えーちゃんがやる気に満ちた表情で眼鏡をくいっとした。

こういうときのえーちゃんはできるキャリアウーマンっぽい。

「せっかくだから、そらの勉強も動画企画にしちゃおう。有名なネタをスタジオで再現できるように機材も調整しておくね」

「おぉーっ！　えーちゃんが燃えてる……はっ！」

わたしはふと思いつき、えーちゃんに向かって言った。

「動画を撮るまで……止まるんじゃねえぞ！」

「それはちょっと本来の使い方とは違うかな」

「ええーっ!?　何が違うのーっ!?」

わたしはその場にぽかーんと立ち尽くしてしまう。

あるあるネタのお勉強は前途多難な始まり方だった。

×

──それから数日後。

わたしとえーちゃんは動画収録のためにスタジオへ集まっていた。

わたしはいつもの衣装に着替えている。

「あっ！　今日はえーちゃんも動画に出るんだね！」

わたしがカメラ映りを確認していると、えーちゃんがパソコンの方からタブレットを片手にやってきた。

「相手役がいないとやりにくいネタも色々とあるからね」

えーちゃんはいつもの黒いシャツとデニムという出《い》で立《た》ちで、シャツには『ラブコメの波動を感じる』と書いてある。ことわざや格言ではなさそうだけど、もしかしてこれもネット上では有名な台詞《せりふ》なのかな？

うーん、何か反応してあげたいのにできないのがもどかしい……。

「それじゃあ、早速収録を始めるよ。五、四、三、二、一……」

えーちゃんがタブレットを操作するとカメラの録画が始まった。

「そらとものみんなー、元気～？　ときのそらです！」

わたしはいつものように挨拶と自己紹介をする。

「今日はなんと～、えーちゃんも動画に参加してくれます！」

「こんにちは、友人Aです……って、そら。なんかテンション高いね」

いきなり戸惑っているえーちゃん。

わたしは最初からもうニヤニヤが止まらない。

「えーちゃんと一緒に企画ができるんだもーん！　動画の収録とか、生放送とか、いつも一緒にいるにはいるんだけどさ、やっぱり隣にいるって心強いよ。それにえーちゃんファンの人たちは待ち遠しかったんじゃない？」

「わ、私のファンなんていないよぉ～」

「顔が赤くなってる。てれてれのえーちゃんだぁ♪」

「も、もう！　いいから始めるよ！」

えーちゃんが恥ずかしげに咳払《せきばら》いをする。

「今日の企画は『ときのそらの勉強会』です。今回はネット上でよく知られており、会話にも出てくるような漫画、アニメ、ライトノベル、ゲームの有名なネタや定番のネタ……いわゆる『ネットのあるあるネタ』についてそらには学んでもらいます」

「頑張ります！　ぬん！」

わたしはカメラの前でガッツポーズをする。

えーちゃんが「大丈夫かな……？」という顔をしているのは気のせいか。

「そらにはこれから、二つのジャンルのあるあるネタに挑戦してもらいます。それぞれのジャンルからいくつか問題を出すので、そらはシチュエーションに合った正しいリアクションや演技をしてください。最後に採点をするので、あるあるネタに詳《くわ》しいバーチャルアイドル目指して頑張りましょう」

「はーい」

「な、なんか余裕だね……緊張感がないというか……」

えーちゃんがタブレットを操作する。

「それでは最初のジャンルの第一問……の前にスタジオを移動させますね」

その瞬間、スタジオ全体の風景が屋外に切り替わった。

見慣れた都会の立体交差点……そのど真ん中である。

周囲には高層ビルが建ち並んでるけど、通行人もいなければ車も通行していない。

雑踏の音が聞こえないので、まるで時間が止まっているかのようだ。

「第一のジャンルは定番の『異世界ファンタジー』です。そらには異世界ファンタジーの主人公として、正しいリアクションや演技をしてもらいます」

「いせかいふぁんたじー？　ここって普通に現代日本だけど？」

「あぁ、それならすぐに分かるよ。では、第一問——」

と、えーちゃんが言い切らないうちのことだった。

突然、大きなエンジン音が聞こえたかと思うと、さっきまで影も形もなかった大型トラックが、わたしに向かってクラクションを鳴らしながら突っ込んできた。

「うわ、あぶなっ⁉」

わたしは間一髪、横っ飛びで大型トラックを回避する。

大型トラックはそのまま通り過ぎると、高層ビルをすり抜けるようにして、どこかに消えてしまった。

「はぁ……はぁ……びっくりしたぁーっ！」

「そら、よく避《よ》けられたね。私はそっちの方がびっくりだよ」

えーちゃんがズレた眼鏡をくいっと持ち上げる。

「そ、そりゃあ避けるよ！　バーチャル映像だと分かってても怖いもん！」

「それもそうか……でも、残念ながらさっきのリアクションで、異世界ファンタジーの第一問は不正解になります。ちょっといじわるな問題だったかな？」

「ええーっ!?　わたし、ちゃんと主人公らしく華麗《かれい》に避《よ》けたよっ!?」

素早く反応できたのに不正解なのはどうも腑《ふ》に落ちない。

「異世界ファンタジーの作品では、主人公が交通事故で死んでしまって、異世界に転生するっていう定番のシチュエーションがあるんです。あまりにトラックにぶつかられて転生する主人公が多いことから、トラックが転生させる力を持ってるんじゃないか……なんて冗談で言われてたりもするね」

解説しながらタブレットに何かをメモしているえーちゃん。

どうやら第一問の採点をしているらしい。

「へええ……知らなかった」

わたしは感心してこくこくとうなずいた。

「でも、なんでトラックなんだろう？　わたしはもっと安全な方法で転生したいなぁ……たとえば枕の下に願い事を書いた紙をいれておくとか」

「そんな小学校で流行《はや》ったおまじないじゃないんだから……」

そう言いながら、えーちゃんがタブレットを指で操作する。

「それじゃあ気を取り直して、異世界ファンタジーの第二問に行ってみようか」

瞬間、屋外の風景から一転して、宇宙のような空間に切り替わった。

真っ黒な空間を無数の星々が漂っている。

しかし、ここもまだファンタジーの世界という雰囲気ではない。

「えーちゃんここは……わぁっ！」

周囲を見回していたわたしはようやく最大の異変に気づいた。

えーちゃんが真っ白な薄布を身につけて、後光を背負っている女神様の姿に変身していたのだ。

「えーちゃん、キレイだな～。わたしもうっとりだよ♪」

「こ、これは私じゃなくて『運営さん』が用意したものなのであしからず」

気恥ずかしそうに頬《ほほ》を赤らめるえーちゃん。

運営さんとは、わたしたちの活動をサポートしてくれるバーチャルアイドル事務所『ホロライブ』のスタッフの人たちのことだ。

スタジオや機材を用意してくれたり、えーちゃんだけでは手が足りないときに助けてくれたりするだけでなく、ときにはこうしたサプライズもしてくれる。

「今の私は転生を司《つかさど》る女神Aなのですが……さて、ここで異世界ファンタジーのジャンルから第二問！　異世界ファンタジーの主人公は異世界に転生するとき、新しい姿形に生まれ変わったり、特別な力を手に入れたりすることが定番だそうです。なので、そらも自分なりに転生した姿や能力を考えてみてください」

「わたしは生まれ変わるなら、またわたしがいいかな～」

「いや、それだと問題にならないからね……ともかく、転生先は怖いモンスターの出てくるファンタジーな世界だし、もちろんその世界で生きるにはお金を稼がなくちゃいけないわけで、その辺を考慮して選んでみてほしいんだけど……」

「うーん、なかなか難しいね……」

実際にファンタジーの世界で生活することなんて、真面目に考えたことがないから全然想像できない。あるあるネタなんだから、定番の答えがあるはずだけど……。

すると、困っているわたしを見かねてか、えーちゃんが助け船を出してくれる。

「なんなら小さい頃になりたかったものでもいいんじゃない？」

「あっ！　それならあるよ！」

わたしはすぐに思いついてポンと手を叩《たた》いた。

「わたし、魔法少女になりたかったんだよね！」

「確かに私たちの世代なら定番だよね。アニメを見ながら育つから」

「魔法を使えたら困ってる人を助けられるし、色々と遊んだりできそう。空を飛んだりするのも楽しそうだよね？　魔法で猫に変身してみるのもいいなぁ……わたし、猫大好きだもん！」

「うんうん。ファンタジーの世界で言ったら『魔女』とか『魔法使い』とかになるんだろうけど、そこであえてテンプレを外してみるのも面白そう。そらには魔法少女の格好も似合いそうだし……それじゃあ、それっ！」

えーちゃんがタブレットの画面を指でスワイプする。

次の瞬間、わたしの着ている衣装が虹色に輝き始めた。

いつもの衣装が光の中で形を変えて、たくさんのリボンとフリルがあしらわれた魔法少女のコスチュームに変身する。さらにはマイクを模した魔法のステッキが出現したので、わたしはそれを右手でキャッチした。

「わぁっ！　この衣装、可愛《かわい》いねぇ～。でも、袖がないね……」

「そらの衣装に袖をつけるのは、女神の力を以《もっ》てしても無理」

「無理って……なーんでなーんだいっ！」

わたしは試しに「袖よ、出ろ！」と魔法のステッキを振ってみたけど、残念ながらキラキラとした粒子を振りまくだけだった。

「さて、これで生まれ変わる姿は決まったので、続いて異世界ファンタジーのジャンルから第三問！　ずばり、そらは異世界に持ち込んでみたいものとかあるかな？」

「持ち込んでみたいもの？」

わたしは首をかしげてえーちゃんに聞き返す。

「異世界で生まれ変わるパターン以外にも、意外なものを異世界に持ち込んで快適に生活するっていうパターンも人気らしいんだよね」

「持ち込みたいものかぁ……それならスマホかな？」

わたしが即答すると、えーちゃんは驚いたように目をパチパチさせた。

「おっ！　それはネタ的にいい感じだね！」

えーちゃんが早速タブレットに採点を入力する。

「それで、スマホでなにするの？」

「そらとものみんなとか、お友達のVTuberさんとお話するんだよ～。異世界がどんな場所なのか伝えたいし……それにわたしが異世界に行ってる間、みんなの様子が分からないと心配だもんね」

「そらはこんなときまで面倒見がいいんだねえ……」

なんだか胸がじぃんとしている様子のえーちゃん。

彼女がタブレットを操作すると、わたしの左手に使い慣れたスマホが現れた。

「これで異世界に転生する準備は整ったかな」

「あっ、やっぱりもう一つだけ！」

わたしは星々をまたいでえーちゃんに駆け寄る。

「えーちゃんと一緒に異世界へ行ってみたい！」

「んなっ……」

何故《なぜ》か目を点にして、口をぱくぱくさせているえーちゃん。

かと思ったら、そっぽを向いて表情を隠してしまう。

「そういうふいうちはよくない」

「やっぱり一人だと寂しいからね～。わたしと一緒に大冒険しよ？」

「いや、まあ、うん……今回はそういう企画だからいいけどさ」

えーちゃんがこちらに振り返って、タブレットを指でタッチする。

その瞬間、まるで宇宙のようだった風景が、あっという間に木漏《こも》れ日の差し込む森の中になった。

周りを見てみると、見たこともない形の果実がなっていたり、不思議な色をしたキノコが生えていたり、聞いたこともない鳥の声が聞こえてきたり……いかにもファンタジー世界らしい風景が広がっていてわくわくしてくる。

「あっ！　えーちゃんの服もまた変わってる！」

さっきまで神々しい女神様になっていたえーちゃんは一転して、真っ黒なとんがり帽子に真っ黒なワンピースという、地味な服装になっていた。

「私は『魔女』の格好だね。それにしても『魔法少女』と『魔女』なんて、これがＲＰＧならめちゃくちゃバランスの悪いパーティだなぁ……」

「大丈夫さぁー！」

「異世界でもそらのポジティブさは変わらないね……と、ここで異世界ファンタジーのジャンルから第四問！」

えーちゃんがそう言った途端、森の奥から複数の足音が聞こえてくる。

それから茂みがガサゴソと音を立てたかと思うと、そこから次々と見慣れない生き物たちが飛び出してきた。

体の大きさはわたしの腰ほどまでしかなく、一見すると小さな子供のようだ。でも、緑色の毛のない肌に粗末な腰布一丁、棍棒《こんぼう》を振り回している姿は凶暴な怪物そのもの。そんなモンスターたちが十匹あまり、わたしたちをぐるりと取り囲んできた。

「うわああっ⁉　本物のゴブリンっ⁉」

モンスターたちを目の当たりにして悲鳴を上げるえーちゃん。

わたしはそんな彼女の反応にびくっとしてしまう。

「えーちゃん、なんで来るって分かってるのに驚いてるの⁉」

「知ってるのと実際に見るのとでは大違いでしょ⁉」

緑色のモンスターこと、ゴブリンさんたちは今にも襲いかかりそうな雰囲気で、棍棒《こんぼう》で地面を叩《たた》いたり、牙を剥《む》き出《だ》しにしたりしてこちらを威嚇《いかく》している。

えーちゃんがわたしの背中に隠れながら言った。

「だ、第四問はモンスターとの戦いですっ！　異世界ファンタジーの世界では凶暴なモンスターと遭遇《そうぐう》することもしばしば……。そらは魔法が使えるようになってるはずだから、なんとかしてゴブリンの群れをやっつけてください！」

「ええ〜っ！　やっつけるのは可哀想《かわいそう》だよ！」

わたしは落ち着いてゴブリンたちを見回す。

「それによく見たら結構可愛《かわい》いよ。なんかぬいぐるみみたいだし！」

ゴブリンさんたちは一見すると凶暴そうな見た目をしているけど、体はなんともふかふかと柔らかそうだし、よくよく見ると目は大きくてパッチリとしてる。それにわたしたちの周りをくるくる回っている姿は、楽しくダンスを踊っているかのようだった。

「ちゃんとお話したら、仲良くなれるんじゃないかな？」

「そら、本気っ⁉　ここにはゴブリン退治専門の人とかいないからねっ⁉」

「わたし、猫とは話せるから同じ要領でいけるかも！」

「いや、その理屈はおかしいっ‼」

わたしは屈《かが》んで、ゴブリンさんたちに目線を合わせる。

両手をくるんと猫の手にして、招き猫のように動かした。

「にゃ！　にゃにゃにゃ！　うにゃにゃにゃーん！　うにゃ！」

「これは……伝説の『ハピハピにゃんにゃん』⁉」

「ち、違うよ！　それは前に罰ゲームでやったやつでしょ⁉」

わたしの脳裏に当時の記憶がよみがえる。

（あのときは顔から火が出るほど恥ずかしかったなぁ……）

えーちゃんが腰が引けながらも、わたしたちをどこかから撮影しているらしいカメラに向かって叫んだ。

「この動画をご覧のみなさん！　そらのハピハピにゃんにゃんは『休むな！8分音符ちゃん♪』を遊んだときの動画で見られますよ！　ハロウィン生放送のアーカイブでは幻の原型バージョンも！」

「えーちゃん、なんてこと言うのっ⁉」

わたしたちがそんな風に言い合っていたら、ゴブリンさんたちはいつの間にか大人しくなっていた。

　今は暴れ回るのをやめて、わたしたちをしげしげと眺めている。

「猫語が通じた……わけじゃないよね？」

　そう呟《つぶや》いたえーちゃんは、わたしの背中に隠れたままだった。

「いやいや、わたしの猫語が伝わったんだよ！」

「どっちかっていうと『この人、なにしてんの？』って顔じゃない？」

「そうかなー？」

　わたしはそれからも猫語で話しかけ続けたけど、ゴブリンさんたちは相変わらずわたしたちのことを観察するだけだった。

「そら、今のうちにそっと通り抜けられない？」

「できるかもしれないけど……わたし、この子たちとちゃんと仲良くなりたい！」

「ええっ⁉」

　たとえ言葉が通じなくても、心を通わせる方法ならもう知っている。

　わたしはスマホから音楽を流し始める。

　教育番組で流れてそうな、明るくリズミカルな曲調。

　わたしは右手のマイク型魔法のステッキを使って歌い始める。

「そらともどうぶつようちえん♪　おひるね、おゆうぎ、なまほうそう♪」

　この歌はファンからプレゼントされたオリジナル曲、ｓｏｒａＳｏｎｇの一つ『そらともどうぶつようちえん』だ。

「ワワワワーンとこいぬさん♪　ワンワンワン♪　ワンワンワン♪　またあした♪」

最初はぽかーんとしていたゴブリンさんたちがわたしと一緒に歌い始める。

ゴブリンさんたちは言葉こそ話せないようだけど、手を叩《たた》いてリズムを取ったり、輪になって踊ったりとノリノリだ。

「さあ、みんなも一緒にさんハイ！　そらともどうぶつようちえん♪　チャンネルとうろく、わすれずに♪　ニャニャニャニャニャーンとこねこさん♪　ニャンニャンニャン♪　ニャンニャンニャン♪　またあした♪」

それから、わたしはゴブリンさんたちと一緒に『そらともどうぶつようちえん』を最後まで歌いきった。

その頃にはわたしたちはすっかり仲良くなっており、わたしが身振り手振りで先に進みたいことを伝えたら、ゴブリンさんたちは大張り切りでわたしたちを森の外まで連れて行ってくれた。

「みんな、案内してくれてありがとう～。ばいばい～い」

わたしは手を振って、ゴブリンさんたちと別れる。

息を潜《ひそ》めていたえーちゃんがようやく口を開いた。

「まさか本当にゴブリンたちと仲良くなるなんて……ともあれ、次は異世界ファンタジーのジャンルでは最後の問題だよ」

「あっ、もう最後なんだ〜！」

「実はもう目の前に見えてるんだけど、そらにはあそこにいるラスボスの大魔王と戦ってもらうからね」

「えっ!? いきなりラスボスと戦うのっ!?」

森の中を抜けてホッとしていたのもつかの間、わたしたちの前方におどろおどろしい西洋風のお城が出現した。周囲には雷雲が立ちこめており、ここが魔王の城ですと言わんばかりに不気味な雰囲気を醸《かも》し出《だ》している。

「ゴブリンたちと違って、仲良くなれるとは思わない方がいいからね」

「えーちゃん、おどかさないでよぉ……」

わたしは恐る恐る巨大な扉を押し開ける。

魔王城の正面扉の先には、薄暗く広々とした空間が広がっていた。

そうして、わたしが意を決して一歩踏み出した――そのとき！

突然、わたしたちにとって聞き慣れた声が聞こえてきた。

『ついにここまで来たね、そら！』

薄暗い広間から姿を現したのは、なんとクマのぬいぐるみのあん肝《きも》だった。

「あーっ！ あん肝も来てくれてたんだ！」

『今日のボクはただのあん肝じゃなくて大魔王アンキモーだよ！』

あん肝は漆黒のマントを羽織り、いかにも悪そうな黒いオーラをまとっていた。

目は赤く爛々《らんらん》と輝いており、さっきのゴブリンたちより明らかに凶悪そうだ。

こんなに強そうなあん肝はわたしも今まで見たことがない。

『ふふふ……最強の魔王と化したボクに勝てるかな？』

あん肝が両手を広げたポーズで空中に浮き上がる。

見ているだけで肌がびりびりするほどの迫力だ。

「……えーちゃん、これをお願い」

「これって……そら、いいの？」

わたしは魔法のステッキとスマホをえーちゃんに手渡す。

それから両手でダブルピースを作ると、空中にふわふわ浮いているあん肝めがけて走り出した。

これから何をされるのか予想できたらしく、さっきまで凄《すご》んでいたあん肝が急に青ざめるのが見えた。

『ま、まさか……あの必殺技を!?』

「いくよ、あん肝!!　わたしの全身全霊を込めた——ザシュ!!」

わたしの突き出したダブルピースがあん肝を直撃する。

あん肝は勢いよく吹っ飛ばされると、魔王城の天井をすり抜けていった。

たぶんスタジオのどこかで収録を見守ってくれることだろう。

「今日は手伝ってくれてありがとう～♪」

わたしはキラッと星になったあん肝《きも》に手を振る。

どこかに隠れていたえーちゃんがこちらに駆け寄ってきた。

「まさか、大魔王アンキモーを一発で倒すとは……あと最後まで魔法を使わなかったね」

「あっ、忘れてた。でも、魔法少女の魔法は困ってる人を助けるためのものだから」

「お題に対する回答としては、なかなかよかったんじゃないかな」

そう言って、えーちゃんがタブレットに採点をメモをする。

「それじゃあ、異世界ファンタジーの問題はここまでにして、次のジャンルに移ろうか」

「うん、次も楽しみさぁ～」

本当は採点を気にしないといけないはずだけど、わたしはすっかりこの企画が楽しくなってしまっていた。風景がどんどん切り替わるのがえーちゃんと一緒に旅行してるみたいだし、次々と出される問題に答えるのも面白いし、この先のことを考えるとわくわくしてくる。

（よーし、次も頑張るぞ！）

わたしが意気込むと同時に、スタジオの風景が切り替わった。

次の場所はどこかと思ったら、よくありそうな住宅地の一角だった。

ブロック塀に電信柱、道路標識にカーブミラー、自動販売機に郵便ポスト、曲がり角にはコンビニエンスストア……どことなく、いつも通る通学路に似ている。なんだか見ていてホッとする風景だ。

「もうトラックは突っ込んでこないよね？」

「いや、それはもう終わったからね」

えーちゃんがカクンと肩を落とす。

「ええと……それでは次のジャンルは『学園物』です」

「おおーっ！　それならわたしも詳《くわ》しいよ！」

「現役学生の私たちにとっては、日常そのものと言っていいよね。そんな学園物というジャンルにもお約束のシチュエーションは多々あり、しかも色々な要素を組み合わせやすいという特徴があります」

「ぬんぬん。わたしの大好きなホラーゲームも、学生が主人公だったり、学校が舞台になってたりする作品がたくさんあるよ」

「そうみたいだね。なので、まずは私たちも学生の格好になろう」

そういえば、わたしたちはファンタジー世界のときと同じ格好のままだった。

現代日本の住宅地に囲まれて、アスファルトの道路の真ん中に立っている魔法少女のわたしと魔女のえーちゃん……確かにちょっぴりシュールな光景だ。

「ちなみにそらは着てみたい制服ってある？」

「うーん……それだとセーラー服かな。わたしたちの学校ってブレザーだもんね。それから、もちろん袖のあるやつだよ、袖のあるやつ！」

「わ、分かった分かった！　袖のあるセーラー服ね！」

えーちゃんが手元のタブレットを操作する。

すると、わたしたちの衣装が一瞬でセーラー服に変化した。

紺色のセーラーカラー、赤色のスカーフ、それからプリーツスカート。

漫画やアニメでよく見る憧れのセーラー服だ。

「わぁ～思ったより着心地がいいんだね」

わたしはその場でくるりとターンしてみる。

セーラーカラーとプリーツスカートがふわりと広がった。

「元々は運動着にする目的で、水兵さんの制服を改良したらしいよ」

「えーちゃん、物知り～」

「何気に今日の企画のためにちょっと調べてきたからね」

えーちゃんはそう言ったものの、タブレットにはネットの検索結果が表示されっぱなしだった。

（むふふ、わたしの前では格好つけなくてもいいのに～）

わたしはちょっとばかしニヤニヤしてしまう。

「それじゃあ、学園物の中の『学園ラブコメ』のジャンルから第一問！」

「おぉー、恋愛ものかぁ！」

「学園ラブコメの有名な男女の出会い方に『主人公がパンを口にくわえて走っていたら、曲がり角で異性にぶつかってしまう』というものがあります」

「はい！　知ってる！　それ知ってる！」

「じゃあ、そらには私と一緒にそのシチュエーションを再現してもらうね」

「はーい」

これならわたしにも再現するのは簡単そうだ。

わたしは早速、ブロック塀の角の向こうへ急いだ。

「えーちゃんはパンをくわえて走ってきてね！」

「え、ちょっと、そらっ⁉　その役はそらが――」

曲がり角を曲がったら準備万端。

あとはえーちゃんが走ってきたところで、タイミングよく飛び出すだけだ。

しばらく待っていると、えーちゃんの台詞《せりふ》が聞こえてきた。

「う、うわ～ん！　が、学校に遅刻しちゃうよ～！」

このぎこちない演技は間違いなくえーちゃん。

わたしはタイミングを見計らって、曲がり角から飛び出す。

「きゃっ⁉」

ドンと軽くぶつかった瞬間、えーちゃんがバランスを崩して、彼女が口にくわえていたバーチャルトーストが宙を舞った。

わたしは跪《ひざまず》くようにして、右腕でえーちゃんの体を受け止める。

そのまま、頭上から落ちてきたバーチャルトーストを左手でキャッチした。

「はっはっは、おっちょこちょいな子猫ちゃんだな☆」

わたしはえーちゃんに向かってウィンクしてみせる。

それから、キャッチしたバーチャルトーストを一口かじった。

「子猫ちゃんと出会った記念にこのトーストはもらっておくよ☆」

そうして、わたしはえーちゃんを立ち上がらせ、その場から立ち去る。

ある程度その場から離れたところで、くるっと振り向いて引き返した。

自分ではなかなか上手に演技できていた気がする！

「えーちゃん、どうだった⁉」

「え、あ、うん……」

あっけにとられた様子で、目をパチパチさせているえーちゃん。

「そらにはパンを口にくわえて走る方をやってほしかったんだけど……」

「えっ⁉　わたし、もしかして勘違いしてたっ⁉」

「うん、思いっきりしてた。面白くなりそうな予感がしたから、そのまま続けてもらったんだけど……まさか『イケメンのそら』が降臨しちゃうとはね。点数はともかく撮れ高としてはおいしいから大丈夫」

「そ、それは喜んでいいのかな？」

勘違いしたのが恥ずかしくて顔が熱くなってきた。

そんなわたしを横目にえーちゃんはタブレットにメモを取っている。

「採点はこれでよし……では引き続いて、学園物のジャンルから第二問です！」

「よ、よーし！　今度は正解するからね！」

「さっきは学園ラブコメにおける出会いのシーンをやってもらいましたが、次はドキドキする定番のシチュエーションの一つ『壁ドン』をしてもらおうと思います」

「うん、それも知ってる！」

さっきは勘違いしちゃったけど、今度こそばっちりだ。

わたしはえーちゃんの手を取り、ブロック塀を背にして立ってもらう。

「ちょ、ちょっと……そらってば！」

「ふふふ、可愛《かわい》い子猫ちゃんだね。そんなに怯《おび》えてどうしたんだい☆」

わたしはおもむろに右手を壁につき、左手でえーちゃんのあごをクイッとする。

それから、クールな眼差しを意識してえーちゃんを見つめた。

（ちゃんと『壁ドン』だけじゃなくて『あごクイ』も知ってるんだからね！　ふふふ、今度こそ完璧なはず！）

そんなことを考えながらわたしがしたり顔をしていると、えーちゃんはわたしの壁ドン&あごクイからするりと脱出してしまった。

「二回目！　イケメンのそら、二回目！」

「えっ？　今度こそ正解だよね？」

「いやいや、そらは女の子なんだから壁ドンされる方だから！　ここはぜひとも、壁ドンされて胸キュンしてるそらの姿を撮りたかったな……」

「その場合はえーちゃんがわたしに壁ドンするの？」

「そのつもりだったけど？」

わたしは改めて、セーラー服姿のえーちゃんの全身を観察する。

「でも、えーちゃんはちっちゃいからなー」

「……それは身長の話だよね？」

不機嫌そうなジト目になるえーちゃん。

ちなみにわたしの身長が一六〇センチ、えーちゃんの身長が一五七・一センチだ。わたしは衣装としてヒールの高い靴を履くことがあるので、動画や生放送でもえーちゃんよりだいぶ背が高く見えることが多い。関係ないけど、わたしに比べると胸のサイズも……ほどほどである。

「これは許せない案件なので、厳しめに採点しておこう……」

「えーっ!?　なんでーっ!?」

「なんでもです」

えーちゃんが点数をメモしたあと、タブレットを操作してスタジオを移動させた。

風景が通学路から学校の教室に変化する。

もちろん、わたしたちの貸し切り状態で、窓の外に見える校庭にも生徒の姿はない。

「さて、学園物のジャンルから第三問！　今度もそらの演技力を試すよ」

「いいよ、どんな演技もドンとこい！」

「学園物には個性的なキャラクターがたくさん登場しますが、その中でも特徴的なものに『中二病』と呼ばれるキャラが存在します。ちなみにそらは中二病って分かる？」

「ふふーん、それが分かるんだな！」

わたしはしたり顔で「ぬんぬん」とうなずいた。

「だから、演技はできるよ。中二病って言葉の由来は知らないけどね」

「おおー、そうだったんだ。わたしはてっきり、そらが中二病のこと分からなくて、中二病っていう謎の病気で苦しむ演技をするそらを見ることになるんだと思ってたよ」

「わたしはこれでもいろんなVTuberさんとお知り合いだからね。わたしたちと同じ高校生で、ゲーム部で活動してる道明寺晴翔《どうみょうじはると》さんが、みんなから中二病って呼ばれてるのを聞いたことがあるよ。かっこいいよね、中二病って！」

「か、かっこいいのかな……とりあえずやってみてよ」

「うん、わかった～」

わたしは深呼吸して集中力を高める。

キリッとした表情を意識しつつ、高らかに声を張り上げた。

「ごうきげんよう！　ときのそらだ！」

「ぶはっ」

するとえーちゃんが盛大に吹き出した。

わたしは思わず素に戻って顔が赤くなってしまう。

「本気でなりきってるのに笑わないでよ〜！」

「いや、そらと中二病キャラってこんなに合わないいんだなって……イケメンのそらの方はなかなか似合ってるんだけどね」

「そ、そうかな……じゃなくて、……さ、最強のこの俺にぃ！　中二病キャラが似合わないなどとぅ！　あり得るはずがないのだぁ！　フゥーハハハハッ！」

「うーん……やっぱり見た目から入るのが重要なのかな？」

そう言いながら、えーちゃんがタブレットをタッチする。

すると、わたしの右目に眼帯が、左手に包帯が出現した。

「わぁっ！　ちょっとだけ変身した！」

「中二病といったらこの二つは外せないらしいよ。使い方はそらに任せるけどね」

「な、なんかね……えーちゃん」

わたしはまじまじと左手に巻かれた包帯を見る。

「わたしって怪我《けが》することが多いから、眼帯も包帯も身につけ慣れていて日常感が……あと、どっちかっていうと中二病よりもゾンビっぽくなってない？」

「確かにゾンビ映画の隅っこで歩いてそう」

そんなことを話していたら、タブレットがぴろんと音を立てた。

「あっ、運営さんからメッセージが来た」

「どれどれ？」

わたしとえーちゃんは一緒にタブレットを覗《のぞ》き込《こ》む。

わたしたちが動画の収録や生放送をしていると、たまに運営さんが手助けしてくれることがある。機材のトラブルを解決してくれたり、企画のアイディアを出してくれたり、わたしもえーちゃんも大助かりだ。今回もきっとそういうアシストなのだろう。

タブレットにはこんなメッセージが表示されていた。

『お二人のリアル中二病エピソードってありますか？』

わたしはその質問に対して首をかしげる。

（んん？　リアルな中二病とリアルじゃない中二病があるの？）

そんなことをわたしが考えていたら、隣のえーちゃんがなぜか顔を赤くしていた。

しかも、遠くの方を見つめてぷるぷる震えている。

わたしはそこでピンと来た。

「えーちゃん、もしかして昔は中二病だったの？」

「つ、次の問題に移ろうか……」

「あっ、無理やりごまかした！　絶対に何か隠してる！」

「きーこーえーまーせーん！　はい、学園物のジャンルから第四問！」

えーちゃんが強引に話を進めた。

あ、怪しい……えーちゃんの過去に一体なにが……。

「学園物といったら部活要素がつきものです。野球部やサッカー部のような現実的な部活もあれば、架空の世界にしかないような部活もあります。戦車に乗って戦ったり、麻雀《マージャン》で日本一を目指したり、友達作りに奔走《ほんそう》したり……」

「わたしたちは帰宅部だけどね」

「というわけで、まずはそらの入ってみたい部活を妄想してもらうよ」

「うーん……あっ！」

これは割とすぐに思いついた。

「わたし、運動は苦手なんだけど運動部に入ってみたいな。もしも運動神経があったらテニス部とかいいかも！　テニスの漫画のこともちょっと知ってるし、それにテニスウェアって可愛《かわい》いよね～」

「あー、それはいいかも！　あるあるネタ的な意味でもね。学園物ジャンルの第四問はテニス漫画を再現することにしようか」

「やった！　テニスウェアが着られる！」

えーちゃんがタブレットを指で操作する。

すると、スタジオの場所が教室の中からテニスコートに切り替わった。

わたしたちの服装はテニスウェア……ではなくて体操着のジャージになっている。

「あれっ？　スコートじゃないの？」

「短いスコートで激しい運動をするのは危険だと判断しました」

「え～？　アンダースコートだってちゃんと穿《は》くのに～？　もしかして、本当はえーちゃんがスコート穿くの恥ずかしいだけじゃないの～？」

「そ、そんなことないって……はい、そらのラケット」

ラケットを受け取ると、わたしたちは自然とネットを挟んで対峙《たいじ》した。

それっぽい位置に立ってはみたものの、実のところリアルのテニスは一度もやったことがない。やったことがあるのはテレビゲームのテニスだけだ。

（テニスウェアを着られて浮かれちゃってたけど大丈夫かな……）

わたしは苦し紛れにテニスラケットで素振りしてみる。

すると、自分でもびっくりするくらいにシュッと綺麗《きれい》な音がした。

「なんだろう……すごく体がよく動く気がする」

「シチュエーションに合わせて、わたしたちの運動能力もパワーアップしたみたいだね。今ならバーチャル技術のおかげで、思いついたことはなんでもできるんじゃない？　それこそアニメみたいな必殺技とか」

「ぬん！　わたし、セイガクの柱になるよ！　あとサーブはわたしからでいい？」

「ナ、ナチュラルにサービス権を持っていった……」

わたしはテニスボールを拾い上げて、それを何度か地面で弾ませる。

それから空中に放り投げて、力一杯にテニスラケットで叩《たた》いた。

「ぬんっ！」

瞬間、テニスボールがレーザービームと化してえーちゃんに襲いかかる。

「あぶなっ!?」

テニスコートに伏せてサーブを避《よ》けるえーちゃん。

わたしの放ったレーザービームは、えーちゃんの背後にある防球フェンスに綺麗な穴を開けていた。

「私の反射神経がパワーアップしてなかったら当たってたよ!?」

「ご、ごめんね……思ったよりもすごいサーブになっちゃって……。でも、テニスって対戦相手をコートの外に吹っ飛ばせば勝ちじゃなかったっけ？」

「なにその偏《かたよ》った知識!? あ、いや……テニス漫画あるある的にはそれで正解か」

「も、もう一度やりなおすね！」

先ほどの反省を活《い》かして、わたしは抑え気味にサーブする。

今度はレーザービームにならず、ちゃんとテニスコートでバウンドした。

「さっきはしてやられたけど、私もやるときはやるからねっ！」

えーちゃんがテニスラケットで打ち返す。

その途端、テニスボールが三つに分身して、バラバラの方向に飛んでいった。

（三つとも返せなかったら、もしかして三点も取られちゃう!?）

それなら、わたしだって同じことをすればいい。

「このくらいじゃ……止まらねえぞ！」

原理は全く分からないけど、とにかくわたしも三人に分身する。

右、真ん中、左――一人につき一球、テニスボールを打ち返した。

ただし、左右のテニスボールは幻だったらしく、空中でふわっと消えてしまう。

「くっ……まさか分身して打ち返してくるなんてっ！」

意表を突かれたのか、えーちゃんの打ち返しが甘くなる。

分身を解いたわたしは絶好のタイミングを見逃さなかった。

「ぬんっ！」

わたしは空高く……それこそ防球フェンスを越えそうなほど跳《と》び上がる。

空からまばゆい光が降《ふ》り注《そそ》ぎ、わたしの背中に大きな天使の翼が生えた。

全力の必殺スマッシュを放つ。

テニスボールは柔らかな光に包まれたかと思いきや、空気に溶け込むように姿を消してしまう。そして、気づいたときにはえーちゃん側のテニスコートに転がっていた。

「いつの間に!?」

「ふう、なんかいい汗かいたね」

わたしはふんわりと着地する。

えーちゃんは清々《すがすが》しい表情でその場に立ち尽くしていた。

「相手を傷つけずに点だけを奪う。これがそらの必殺スマッシュか……」

「わたしも無我夢中だったよ。ものすごく集中できてたのかな……まるで全てがスローモーションに感じられたんだ。あれは超一流のスポーツ選手だけが突入できるゾーンってやつだったのかも……」

そこまで考えて、わたしは衝撃的な結論に辿《たど》り着《つ》いた。

「はっ⁉　もしかして、わたしには隠れたスポーツの才能がっ⁉」

「いや、それはふつーに運動能力が強化された影響だと思う」

「そっかぁ～。でも、テニスすっごい楽しかった！」

わたしはすっかりいい気分になってテニスラケットを素振りした。

今なら新しい必殺スマッシュをいくらでも思いつけそうな気がする。

「運動の苦手なわたしでも漫画と同じくらい上手にテニスができるんだから、バーチャル技術って本当にすごいよね！　改めてそう思ったよ～」

「『かがくのちからってすげー！』ってやつだね」

「え？」

今、なんて？

わたしが聞き返そうとしたら、えーちゃんが静かに肩を落としていた。

「このネタは通じると思ったんだけどなぁ……」

「あ、あーっ！　ごめん！　今思い出した！　あのゲームの台詞《せりふ》だよね⁉」

「……おっ？　分かってくれた？」

「もっちろん！　これは有名だし、えーちゃんと一緒にスマホで遊んでるもんね！」

「そら！　イエーイ！」

わたしは笑顔になったえーちゃんとハイタッチする。

（これが……ネタが通じ合ったときの喜び！）

えーちゃんの振ってくれたネタをスルーしかけたときはひやひやしたものの、噛《か》み合《あ》った瞬間は息の合ったコンビプレイをしたような気分だった。こんな爽快感《そうかいかん》を味わえるのだから、ついついネタを振りたくなる気持ちも分かる。

（動画の企画としては今回限りかもしれないけど、あるあるネタの勉強はこれからも続けていこうかな……そらともみんなともっと楽しくお話できるかもしれないし！）

さらにやる気の出てきたわたしの隣で、えーちゃんがタブレットにメモする。

「さてと……いよいよ全体通しての最終問題だよ、そら」

「あっ、もう最後なんだ！」

「最終問題は学園物ジャンルの定番『水着回』からです！」

えーちゃんがそう言ってタブレットを操作すると、わたしたちのいる場所がテニスコートから南の島の砂浜に移動した。

抜けるような青い空、さんさんと降《ふ》り注《そそ》ぐ太陽の光、南国の雰囲気を醸《かも》し出《だ》している何本もの椰子《やし》の木。透明度の高い青い海はどこまでも広がり、寄せては返す波が心地よい音を立てている。

「わぁ～、いい日差し！」

気がつくとわたしの服装は体操着のジャージから、セーラー服をイメージしたような水着になっていた。

ビキニの上からセーラーカラーとミニスカートを身につけるデザインで、とても可愛《かわい》らしくてわたしは一目で気に入った。

「おっ、えーちゃんの水着も可愛い～」

「わ、私には注目しなくていいから……」

えーちゃんが着ているのは黒のフレアトップビキニで、大人っぽさと可愛さを両立した素敵なデザインだ。

「あっ！　あん肝《きも》があんなところに！」

大魔王の役を終えてからどこに行ったのかと思っていたら、あん肝はビーチの一角で砂山に首から下が埋もれた姿になっていた。

『ボクのことは気にしなくていいからね』

どうやら、あん肝は自分なりに南の島を満喫《まんきつ》しているらしい。

えーちゃんが小脇に浮き輪を抱えてこちらにやってきた。

「というわけで最終問題は水着回の再現です。まあ、ぶっちゃけると今回の企画を最後まで頑張ってくれたそらに対するご褒美《ほうび》みたいなものなんだけどね。残りの時間は気ままに海で遊んじゃいましょう」

「えっ、遊んでいいの？」

「そもそも水着回ってそういうものだしね」

「よーし、それじゃあ……それーっ！」

わたしは熱い砂浜を裸足《はだし》で駆け出す。

波打ち際に立ってみると、打ち寄せる波が足下の砂をさらっていった。さらさらとした独特の感触が心地いい。膝《ひざ》あたりまで海に浸《つ》かってばしゃばしゃすると、飛び散った海水の飛沫《しぶき》が南国の日差しに照らされて、まるで宝石のようにキラキラと輝いた。

えーちゃんもわたしを追いかけて海に入ってくる。

「おっ……ぬるいかと思ったら、意外と冷たくて気持ちいいね」

「えーちゃん、それっ！」

わたしは手のひらですくった海水をえーちゃんにかけた。

「やったな、そらっ！」

えーちゃんも負けじと海水をひっかけ返してきた。

あははは、うふふふ……と水をかけ合うこと数分。

「あの……そら？　私たちはいつまでこうしてるの？」

「ぎくっ」

えーちゃんに痛いところを突かれてしまった。

「ほら、わたしってカナヅチだから……」

「うん、知ってた。まあ、水着回はあくまで水着姿を見せる回だから、こうやって遊んでるだけでもいいんだけどね」

「だ、だよね～？」

わたしは泳がずに済んで内心ホッとする。

わたし、ときのそらはカナヅチだ。

こうして波打ち際で水遊びするくらいならともかく、海の中で泳ぐなんてことはもってのほか。水泳の授業はいつもテンションがガタ落ちで、あれこれ理由をつけてサボっちゃったことも……。

「でもまあ、こうなると思ってちゃんと用意してあります」

えーちゃんが海から上がり、タブレットを指で操作した。

すると突然、砂浜にスイカと木の棒のセットが現れる。

「はい、スイカ割りセット」

「わぁ～っ！　わたし、スイカ割りってやってみたかったんだ！」

家族や友達と海に行ったことはあっても、実際にスイカ割りをしている人なんて滅多《めった》に見ない。わたしにとってもスイカ割りは今回が初めての体験だ。

わたしはうきうきしながら木の棒を拾い、砂浜に置かれたスイカから離れた。

えーちゃんがアイマスクでわたしを目隠しする。

「よぉし、やるぞーっ！」

「そら、とりあえず前に進んで！」

わたしはえーちゃんの声を頼りに少しずつ前進する。

目隠しをしている状態だと真《ま》っ直《す》ぐ歩けているのか全然分からない。

「そら、ちょっと右にずれ始めてる！」

「ええと……こっちかな？」

「それだとあん肝《きも》が危ない！」

まるで剣道の試合のように神経をとがらせながら、じりじりとスイカがありそうな方向へ距離を詰めていく。

「そら、そこで棒を振り下ろして！」

「うん、わかった……えいっ！」

わたしはえーちゃんから教わったとおりに棒を振り下ろす。

ぽこんと太鼓を叩《たた》くような音がして、同時に確かな手応えが感じ取れた。

「と、取っていい⁉　アイマスク、取っていい⁉」

「いいよ、そら。外してみて」

わたしはパッとアイマスクを外す。

日光が眩《まぶ》しくて目を開けられず、薄目で徐々に目を慣らした。

ぼんやりと見えてくる緑と黒のしましま模様。

そして、鮮やかな赤色と爽やかな甘いにおい。

わたしが棒を振り下ろした先で、スイカは綺麗《きれい》に割れていた。

「やったよ、えーちゃん！　生まれて初めてスイカを割れたよ！」

「おめでとう、そら。早速食べてみたら？」

「えへへ、それではお言葉に甘えて……」

わたしは手頃な大きさに割れたスイカを手に取る。

赤い果肉にかぶりつこうとして……そこでふと疑問に思った。

「こ、これって映像だけのバーチャルスイカじゃないよね？」

「安心して。トーストのときとは違って本物だから」

「そう？　それじゃあ、今度こそいただきま～す」

しゃくっ、と小気味よい食感。

あま～い果汁が口いっぱいに広がり、胸の奥から幸せが込み上げてきた。

スイカ割りで割ったから美味《おい》しさもひとしおだ。

「はあぁ～、おーいしーい！」

「私もいただきます」

えーちゃんも一緒になってスイカを食べ始める。

それを見たあん肝《きも》が砂山の中から飛び起きた。

『ボクもスイカたべたーい！』

それから、わたしとえーちゃんとあん肝は心ゆくまでスイカを食べた。

今日一日のご褒美《ほうび》としては大満足だ。

スイカを食べ終わったあと、わたしたちはいつものスタジオに戻った。

真っ白な天井とタイルの床、たくさんの照明とカメラ、それからパソコンと機材の山……

この手作りの秘密基地のような空間に戻ってくるとなんだかホッとする。

わたしとえーちゃんの服装もいつもの通りに戻っていた。

あん肝は南国気分が抜けないようで、スタジオの隅っこにビーチチェアを置いて、トロピカルなジュースを飲みながらごろごろしている。

「今日の収録は楽しかったね、えーちゃん」

「いや、まだ採点が残ってるからね」

「あ、そうだった！」

わたしはようやく企画の目的を思い出す。

今回はネット上で有名なあるあるネタに詳《くわ》しくなるため、えーちゃんの用意した様々な問題に挑戦していたのだった。

「えへへ、わたしすっかり忘れてたよぉ～。でも、出されたお題はちゃんとこなせてたと思うよ。ゴブリンさんたちと仲良くなれたし、大魔王をやっつけたし、中二病もテニスもちゃんとやれてたと思うし！　ぬん！」

「す、すごい自信だね……。ゴブリンたちと仲良くなったりしたのは、あるあるネタからは外れてたような気もしたけど……」

　えーちゃんは何故《なぜ》か若干戸惑いながらも採点に移った。

「それでは定番のシチュエーションに対して、そらがどれだけ正しいリアクションをできていたか、わたしが独断と偏見で採点したいと思います。異世界ファンタジーと学園物、二つのジャンルをひっくるめての総合得点は――」

　えーちゃんが手持ちのタブレットをカメラに映す。

　タブレットの画面には『採点不可能』と表示されていた。

「さ、採点不能？　……って、どういうこと？」

　わたしは理解が追いつかず目をぱちぱちさせる。

　えーちゃんがタブレットを手に説明してくれた。

「今回の企画、本来はそらがどれだけ正しいリアクションをできていたかで採点する予定でしたが、そらのセオリーに囚《とら》われない行動が面白かったし、確かにこういう可愛《かわい》さもアリかな……と思わされたんだよね。これはもう正解不正解でくくれるようなものじゃないな、と……」

「か、可愛かった？　えへへ～、照れちゃうな～」

「私はそらにネット文化に詳《くわ》しくなってもらいたかったし、そらも勉強に乗り気になってくれたんだけど……そらはたぶん、こういうことには詳しくならない方がいいのかも。その方が反応も新鮮だしさ」

「えっ⁉」

なんだか、とんでもないことを言われてしまった気がする。

「そ、それじゃあ、わたしのやる気と努力はどうなるの～⁉」

「ネット上で定番になっているネタの中には、実は気軽に触れない方がいいものも多いんだよ。そらには今のままでいてほしいからね。そういうセンシティブなネタから、そらを守護《まも》る……それはそらともさんたちの総意でもあるはずだから、そらとも第一号として私はその役目をしっかり果たさないとね」

「そうかなぁ……そうなのかなぁ……」

なんだか釈然としないわたし。

こうして、わたしのたった一日のネットあるあるネタ勉強会は終わった。

あとになって考えてみると、勉強の苦手なわたしのやる気が続くはずもないし、えーちゃんからはそのままの自分でいいと認めてもらえたわけで、わたしとしてはとっても気が楽になった。

わたし、ときのそらは今日も自然体で活動中だ。

あなたの心は…

「くもりのち晴れ！」

ライトノベル出張版

ホロライブ編

生意気な後輩。
普段はツンツンしているが
仲良くなった相手には甘えたりする。
赤いリボンとハートが好きで、
髪や服によくつけている。

Twitter▶ @akaihaato

YouTube チャンネル▶

そらともネーム：赤井はあと

私には憧れの先輩がいます。その先輩はかわいくて、歌がとっても上手で、ホラーゲームが大好きです。私も、その先輩みたいになりたくて、VTuber 活動に取り組んでいます。ですが、ホラーゲームだけは、どうしても苦手なんです。そこで、どうしたらホラーゲームを楽しめますか？　あと、また今度一緒にプレイしませんか？

Answer

憧れの先輩…身近に憧れたり目標にする人がいるっていいことだよね。はあとちゃんに憧れられるなんて、きっとその先輩も幸せだね～！　ホラーゲームが苦手なのかぁ…自分も最初は怖かったけど、ほかの人のゲーム実況動画とかを見て徐々に慣れていくの。それにホラーゲームって、ストーリーの面白さとか工夫がすごいから、それに気づくと自分でもやってみたくなると思う！…って思わず早口になっちゃった…もちろんホラーゲームはいつでも歓迎だから、はあとちゃんへのオススメいっぱい選んでおくね♪

あなたの心は…

「くもりのち晴れ！」

ライトノベル出張版

ホロライブ編

白髪ケモミミの女子高生。
恥ずかしがり屋であり、
おとなしめな性格だけれど、
実は人と話すのが好きで、
構ってもらえると喜ぶ。

Twitter▶ @shirakamifubuki

YouTube
チャンネル▶

そらともネーム：白上フブキ

こんこんきーつね！　ホロライブのバーチャル狐！　狐ですよー？　白上フブキです！　そらちゃんに聞きたいこと沢山あるんだけど、一つだけに頑張って絞りました！そらちゃんは、狐になったら自由に自然を駆け回りたいですか？それとも神社の守り神として仕えたいですか？
ちなみに私は！　実は守り神きーつねだったりします！

Answer

ね…キツネのフブキちゃんこんにちは！　え〜そうだなぁ、もし自分がキツネになったら他のキツネさんにくっついてフサフサのしっぽやお耳をもふもふしたいなぁ…ってそれならキツネにならなくても、人間のままでもできることに気づいてしまった…!はっ！　…ということで今度会ったときにはフブキちゃんのしっぽや耳をもふもふさせてね、約束だよー♪

あなたの心は…
「くもりのち晴れ！」

ライトノベル出張版

ホロライブ編

チア部の新入生。明るく元気で人懐っこい性格であり誰とでもすぐに仲良くなれて、友達も多い。祭りやイベントなど楽しいことが好き。

Twitter▶ @natsuiromatsuri

YouTube チャンネル▶

そらともネーム：夏色まつり

巨乳になりたい！！

ちなみに、高校を卒業するまでにはホロライブで 1 番の胸キャラになる予定です。

Answer

女の子のかわいさは人それぞれ！　だからまつりちゃんは今でも十分かわいいし、そのままでも大好きな後輩ちゃんだよ♪　でも目標を持つって日々の生活にやる気が出ていいことだと思うし、どうせ目指すなら一番を目指してみよー！　それとモチベーション維持のために、高校卒業したら努力の成果…わたしにこっそり教えてね♪

【3】友人Aは語りたい

こんにちは、友人Aです。

いつもそらのVTuber活動を応援していただき、ありがとうございます。

ここまでのそらの活躍はお楽しみいただけたでしょうか？

私は普段、裏方としてそらの活動を手伝っていまして、そらの頑張っている姿を四六時中間近で見ています。

そらの夢は横浜《よこはま》アリーナでライブをすること……ということで、そらは夢に向かって邁《まい》進《しん》しているわけですが、私からするとおっちょこちょいで危なっかしいというか、いわゆるポンコツ感があるというか——

「えーちゃん、なにしてるの1？」

私がスタジオのパソコンでテキストを書き連ねていると、いつもの衣装に着替えたそらがやってきた。

「生放送まで時間があるから、コラム系の作業をちょっとね……」

「どんなことを書いて……うわっ！」

私の肩にあごを乗っけて、そらがパソコンの画面を覗《のぞ》いてくる。

案の定、彼女の目は私の書いた文章に釘付《くぎづ》けになっていた。

「ひ、ひどーい！　わたし、ポンコツじゃないから！」

お気に召さなかったようで、そらがぷくーっと頬《ほほ》を膨《ふく》らませる。

私はようやくパソコンの画面から顔を上げた。

「自覚なかったの？」

「わ、わたしはポンコツじゃないよーっ！」

私はそう主張するそらの衣装に目をやり、さっとチェックする。

「胸元のリボンが結べてないよ？　あと袖がないよ？」

「リボンはともかく、袖がないのはいつものことだから！」

こんなやりとりも日常茶飯事だ。

今回はそらの親友である私……友人Aの視点から、そらのプライベートでのポンコツっぷりを紹介していきたいと思う。

そらともものみなさんには、そらの日常を知っていただくと同時に、彼女の持っている意外な魅力（？）を感じていただけたら嬉《うれ》しい。

あと、そらは日頃の生活態度を見直すように！

×

私とそらは同じ高校のクラスメイトです。

そのため、私は授業中でもそらの世話を焼くことが多く――


それは英語の授業中の出来事だった。

先生が黒板の前に立ち、教科書を片手に文法の説明をしている。

クラスメイトの大半は熱心に授業を聞いていた。

私も教科書にアンダーラインを引いたり、重要なことをノートにメモしたりする。

そらのサポートをするのも大切だけど、学生としての本分を忘れては大変だ。

で、肝心のそらは――

(……や、やっぱり!)

隣が妙に静かなので見てみたら、そらは教科書をついたてのようにして、机に顔を伏せて完全に居眠りしていた。

その寝顔は赤ちゃんのように穏やか。

居眠りしているのは一目瞭然で、先生から注意されるのも時間の問題だ。

動画の収録に週一回の生放送、ボイストレーニングにダンスの自主練、毎朝の『くもはれ』の投稿、それらに加えてもちろん学校の宿題もしなくてはいけない。そのため、そらが疲れてしまうのも理解できるんだけど……。

(わたしは知ってるんだよ。そらが昨日の夜、新作のホラーゲームを真夜中まで遊んでい

たことを！　なにしろ、そら自身がホラーゲームの感想を逐一ＬＩＮＥで送ってきて、生放送で紹介したいってアピールしてきたんだからね……！）

そして案の定、そらはあっさりと先生に居眠りを気づかれてしまった。

「おい、ときの！　ときの、起きろ！」

「ふぁいっ⁉」

そらが名前を呼ばれて飛び起きる。

あまりの勢いの良さにクラスメイトたちは大爆笑した。

「いやぁ、どうもどうも……てへへ」

みんなから注目されてることに気づいて照れ笑いをするそら。

そんな彼女の反応には先生も思わず拍子抜けしていた。

「ときの、教科書の続きから」

「つ、続きですか⁉」

そらが視線で私に助けを求めてくる。私は「ここからだよ」と指さして教えてあげた。

「ありがとう、えーちゃん！　えーと……あいうぃっしゅ、あいわー、あばーど……」

それからはなんともぎこちない音読が続いた。

そら曰《いわ》く、リスニングは比較的得意らしい。音楽で英語を聞き慣れてるからかな？

「しーせっど……ばいのーらる、いず、あぶのーまる……」

そらがどうにか英文を読み終わって席に着いた。

一仕事をやり終えた、という達成感に満ちた顔をしている。

「ありがとう、えーちゃん。今回も助かっちゃった」

「しっかりしてよね、そら」

わたしたちの会話を聞いて、クラスメイトたちがクスクスしている。

さらには先生までも気が抜けた様子で言った。

「それにしても、きみは本当にときのの保護者みたいだな」

こっちに話を振るの⁉　私は恥ずかしくて顔が熱くなってくる。

「いや、別に保護者というわけじゃ……」

「そうなんですよ、先生。えーちゃんがいないと本当に困っちゃうんです」

そらは居眠りを注意されたのにこの暢気《のんき》さである。

（あとでバシッと言っておかないとな……）

私は完全に授業参観のあとのお母さんのような気分になっていた。

×

それから、そのあとの休み時間のことです——

「うーん、やっと終わったー」

英語の授業が終わり、自分の席で背伸びをしているそら。

頑張ったような雰囲気を出しているけど、どう考えても授業の半分は寝ていたはずだ。

（ここはちゃんと注意した方がいいよね……）

わたしは彼女の使っている英語のノートを手に取った。

「えーちゃん、どうしたの？」

「そら、ちゃんと授業中にノート取ってる？」

英語のノートをぱらぱらとめくる。

（割としっかり書いてるけど、大事なところがちょくちょく抜けてるなぁ……）

でも、思ったよりもちゃんとノートは書けている。

これなら注意するほどではないかな……と私が少し安心していると、

「えっ――」

ノートの片隅にあるとんでもないものが目に留まった。

「えっ……これ、えっ⁉」

私は理解が追いつかずに困惑して立ち尽くす。

それを目にした瞬間から「もしかしたら……」という直感はあった。

けれども、その直感を認めたくないという自分がいる。

「あの、そら……ここに描かれてるのは？」

私は恐る恐る尋ねる。

そらは満面の笑みを浮かべて答えた。

「えーちゃんの似顔絵だよぉ！　よく描けてるでしょ？」

「や、やっぱり〜っ！」

このシンプル極まりない眼鏡をかけた謎の顔だけ生物。

ご丁寧にリボンもつけているし、まさかとは思ったけど……。

「ちなみにこの豆みたいなのはなんなの？」

「これは手だよ」

「あぁ、この顔から伸びてる線は手だったのか……。これはアレなの？　そらは私のことを豆だと思ってるってこと？」

「ち、違うよぉ！　ちゃんと見て、えーちゃん！」

そらはぷんぷんと大まじめに怒っている。

（まさか、本当に私のことがこう見えてるんじゃないよね……）

私はさらに英語のノートのページをめくってみる。

よくよく見てみると、マスコットキャラが「大事なところはここだよ！」と吹き出してしゃべっている感じで、色々なラクガキがノートの端々《はしばし》に描かれていた。

「それじゃあ、これは？」

「ザリガニさんだよ」

「えっ……ザリ……えっ？」

ぬん♪
ヴァ
ピィ…

私はその前衛的すぎる画風に目眩《めまい》がしてきた。

風邪を引いたときに見る夢に出てきそうな造形だ。

「これは？」

「カエルさんだよ」

「こっちは？」

「ブタさんだよ」

「こ、この子は？」

「トリさんだよ」

次々と視界に飛び込んでくる謎のキャラクターたちは、さながら百鬼夜行《ひやっきやこう》かバイオハザードか……そらの美術センスは今まで気にしたことがなかったけど、私はもしかしたらとんでもない才能を掘り起こしてしまったのかもしれない。

「そらがまさか『画伯』だったとは……」

「でしょ？　わたし、絵を描くのは得意なの！」

「………」

私はどう反応したものか分からず沈黙する。

(この子、画伯という言葉の意味を分かってないな……)

彼女にはピュアであってほしい、とは私も願っていることだ。

でも、なんだろう……。

素直に喜んでいるそらを前に覚えるこの罪悪感は……。

「そうだ！　この絵、えーちゃんの顔アイコンにしようよ！」

「ふぇっ⁉」

完全に意表を突かれて変な声が出てしまう。

そらは「我ながら名案！」とばかりにニコニコとしていた。

「えーちゃん、最近は動画や生放送で声の出演が増えてきたでしょ？　そういうとき、顔アイコンがあるとそらとものみんなも分かりやすいと思うんだ～」

「あー、それは確かにそうかも」

改めてそらの描いてくれた私の似顔絵を見てみる。

こうして見るとなかなか味がある……ような気がしてきた。

(確かに自分のアイコンとして使えるのはなにかと便利だし、ここは素直にそらの描いてくれた似顔絵を採用しようかな。そらとものみんなの反応も見てみたいし……)

よし、とうなずいて私は決める。

「ありがたく使わせてもらうよ、そら」

「えへへ、えーちゃんに喜んでもらえたぁ～♪」

そう……このときの私は予想だにしなかった。

この似顔絵が『えー豆』という愛称で、そらともさんたちにも定着するだなんて……。

×

調理実習の時間にはこんなことがありました——


私とそらは調理実習で運良く同じ班になっていた。

調理実習台にはこれから使う調理器具と材料が並べられている。

「今日作るのはショートケーキだね」

エプロン姿のそらがうきうきした様子で言った。

「できたてのショートケーキ、楽しみだぁ！」

「そらはちゃんと作り方を覚えてるよね？」

私が念のために確認すると、そらはとぼけるように視線をそらした。

「最終的に材料を全部混ぜて焼けばどうにかなるよね？」

「それだとお好み焼きとかもんじゃ焼き的な感じになっちゃうよ……？」

そんな感じで前途多難なショートケーキ作りが始まった。

まずは土台になるスポンジケーキを作る。

私がボウルを固定する役、そらが生地の材料を混ぜる役だ。

「まさか、スポンジケーキにこんなに砂糖が入ってるなんて……」

「意外とたくさん入ってるもんだよね。そらも甘いものの食べ過ぎには気をつけなよ」

「な、なるべく今のうちにカロリーを消費しなくちゃ！」

　生地の材料を混ぜ終えたら、それを型に流してオーブンに入れる。

　スポンジケーキが焼き上がるのを待ちながら、その間にホイップクリーム作りだ。

　今度はそらにボウルを持ってもらい、私が泡立て器で材料を混ぜた。

「ふんっ！　ふんっ！」

「えーちゃん、最近パソコンいじってばっかりで運動不足なんじゃない？」

「腕が疲れてきた……でも、止まらねぇぞ～！」

「そ、それはわたしの決め台詞《ぜりふ》だぞ～！」

　ホイップクリームが完成したら、焼き上がったスポンジケーキが冷めるのを待つ。

　その間は自然と料理についての話になった。

「そら、たまには料理してるの？」

「もちろんしてるよ～!!」

　そらが自信満々に答える。

「インスタントのラーメンとか、インスタントの焼きそばとか……」

「それ料理じゃないじゃん!?」

「お湯を沸かして注ぐのも立派な料理だよ！　インスタントの焼きそばなんか、お湯を注いだあとに湯切りまでしなくちゃいけないんだよ？　あれって難しいんだから！」

「確かに気を抜くと『だばぁ』しちゃうけどさ……」

私はつい想像してしまう。

「そらが将来一人暮らしを始めたりしたらどうなっちゃうんだろ?」

毎日の料理、洗濯、掃除……。

もしかしたら、この子には荷が重いかもしれない。

私がそんな風に不安に思っていたら、

「そのときはえーちゃんがお世話してよ~?」

そらが想像の斜め上なことを言い出した。

彼女のトンデモ発言に同じ班の子たちはドッと笑った。

「私はそらの私生活まで面倒見なくちゃいけないの⁉」

「わたしが一人暮らしするかはわかんないけどね。寂しがりやだから」

えへへ、とそらは恥ずかしげにはにかんだ。

(これは「寂しいから一緒に住もう」とか言われかねないパターン……)

そんなことを考えているうちに盛り付けの準備が終わる。

そして、同じ班の子たちとわいわいしながら、まん丸のスポンジケーキにホイップクリームを均等に塗《ぬ》り、真っ赤ないちごをこれでもかと並べていった。

完成品は不格好ながらもまずまずの出来で、あとは切り分けるだけなんだけど……。

「私がやるよ! ぬん!」

そらがやる気満々の様子で立候補した。

完成したショートケーキを前にしてテンションが上がったらしい。

（そらに任せて大丈夫かな……）

私が一抹の不安を覚えていると、

「よーし、やるぞ～」

そらは何を思ったのか、ケーキナイフを手術用のメスのように握った。

同じ班の子たちが思わず一歩後退する。

「なにその外科医みたいなケーキナイフの持ち方⁉」

「えっ？　こうやって上から刃を押し込んで切るんじゃないの？」

「いや、それだとケーキが潰れちゃうって……」

そらの危なっかしい様子を目の当たりにして、班のみんなで話し合った結果、ショートケーキの切り分けは私が行うことになった。

綺麗《きれい》に等分したしたあと、わたしたちは早速ショートケーキを食べた。見た目は少し不格好でも、自分たちで作ったショートケーキの味は格別で、そらもほっぺたが落ちそうと言わんばかりの笑顔になっていた。

「う～ん、カロリーとかなんとか言ってたけど、この美味《おい》しさには抗《あらが》えないよね～」

「分かる」

（それにしても……そらが一人暮らしするかどうか分からない話だけど、もしもバレンタインデーでそらともさんたちにチョコを送る企画とかをやったらどうなるんだろう？　いやでも、実際に作らせるのは危険すぎるから先にお料理クイズでもした方が……）

ついつい色々なことを企画に絡めて考えてしまう。

私は小難しい顔をしながら、甘くて美味《おい》しいショートケーキをほおばるのだった。

×

そらは授業だけでなく、学校行事でもこんな調子で——

年に一度の体育祭。

「今年は本当によかった……」

校庭に張られたテントにて、私とそらはクラスメイトたちと出番を待っている。

雲一つない快晴で、絶好の体育祭日和だ。

もちろん、私が心配していたのは天気のことではない。

「そらが危険そうな種目にエントリーされなくて本っ当によかった！」

「えへへ、わたしもホッとしてる～」

私たちはレジャーシートに並んで腰を下ろしていた。

校庭のトラックでは、障害物競走が行われている真っ最中だ。

出場している生徒たちは平均台を渡ったり、縄で作られた網《あみ》を這《は》ってくぐったり、跳《と》び箱を跳んだりと奮闘《ふんとう》している。

さて、そらが妙に怪我《けが》しやすいことはそらとものみなさんならご存知《ぞんじ》だろう。

障害物競走なんかに出場したら、どんな怪我をしてしまうことやら……。

大げさかもしれないけど、用心するに越したことはない。

「わたしでも安心して参加できる競技があってよかったよ。しかも大活躍！」

そらが興奮冷めやらぬ様子で語る。

彼女が参加したのは借り物競走だった。

全力で跳んだり跳《は》ねたりしない競技なので、私は安心していたわけだけど……。

「まあ、あれは確かに大活躍だったかな」

私はそのときのことを思い出す。

そらが借り物を指定するくじを引いたあと、いきなり私のところにやってきた。

彼女に手を引かれてテントの下を出て、そのまま二人で一番にゴールした。

借り物の指定は『友達』か『親友』あたりかな……そう思ってくじの内容を確認してみたところ――

「なんで『保護者』で私を連れて行くかな、そらは！」

「えーちゃん、普段から保護者っぽいからいいかな〜って♪」

そんなわけでゴールしたあとに審議になったわけだけど、体育祭の実行委員から下された判断は『問題なし』だった。

私＝そらの保護者という認識は全校生徒に浸透しているらしい。

審議の結果がアナウンスされた瞬間が、今日の体育祭で一番盛り上がった気がする。

「ふふふ、次の競技ではもっと盛り上げるからね！」

やる気満々で鼻息を荒くしているそら。

ちょうどそのとき、出場者を呼ぶアナウンスが流れた。

『玉入れの参加者はグラウンドに集まってください』

「おっと、私たちの出番だね」

私とそらは早速、指定された集合場所に向かう。

参加者が集まり次第、列になって校庭の真ん中へ移動を始めた。

「みんなーっ！」

そらがクラスメイトたちとホロライブの仲間たちに手を振る。

ホロライブにはそら以外にも、たくさんのバーチャルアイドルたちが所属している。ライバーと呼ばれる彼女たちは、言うなればそらの後輩だ。今日はそんなライバーたちがそらを応援するために駆けつけてくれていた。

「わたし、頑張るからねーっ！」

そらの言葉にライバーたちの声援もヒートアップ。

バーチャルロボットＶＴｕｂｅｒのロボ子《こ》さん。

バーチャル巫女《みこ》ＶＴｕｂｅｒのさくらみこさん。

バーチャルシンガーVTuberのAZKiさん。

ホロライブ一期生からは夜空《よぞら》メルさん、アキ・ローゼンタールさん、赤井《あかい》はあとさん、白上《しらかみ》フブキさん、夏色《なついろ》まつりさん。

ホロライブ二期生からは湊《みなと》あくあさん、紫咲《むらさき》シオンさん、百鬼《なきり》あやめさん、癒月《ゆづき》ちょこさん、大空《おおぞら》スバルさん。

ホロライブゲーマーズからは大神《おおかみ》ミオさん。

活動を始めたときはそら一人だけだったことを考えると、こんなにも仲間が増えたことが本当に感慨《かんがい》深い。

みんなの声援を受けながら、私たちは所定の位置についた。

足下の地面には、赤組の赤い玉がたくさん転がっている。

『ヴァ！』

すると、どこからともなく聞き慣れた声。

私たちが振り返るといつの間にかあん肝《きも》まで駆けつけていた。

しかも、ビデオカメラまで持参している。

「あん肝、こんなところでどうしたの？　あんまり近くにいると危ないよ」

そらが心配そうにしゃがみ込む。

あん肝は「心配ご無用」とばかりに胸を叩《たた》いた。

『今日のボクはカメラ係だよ。二人の活躍を間近で撮影してるね』

「そうなんだ！　それなら注意してお願いね」

『任せて！　そらもえーちゃんもファイトだよ！』

二人が話している間に競技開始のホイッスルが鳴る。

その途端に参加している生徒たちが一斉に玉を投げ始めた。

「そら、始まったよ！」

「あ、ホントだ！　よぉーし、やるよーっ！」

私たちも一瞬遅れて玉入れを開始する。

（よし、とりあえずセオリー通りに……）

私はしゃがんで玉を持てるだけ持って、それを一気にかごに向かって投げた。

こうするといちいち玉を拾う時間を短縮できると聞いたことがある。

「えいっ！　えいっ！」

短縮できたのはいいけど……肝心の玉が全然かごに入らない。

（な、なんで入らないのっ!?　あいたっ!!）

挙げ句の果てに自分の投げた玉が頭に当たる始末だ。

（そらは上手《うま》くやってるかな……）

私は玉を投げ続けながら、そらの動きをちらりと見る。

「ぬん！　ぬん！　ぬん！」

そらはものすごい速さで、玉を拾っては投げ、拾っては投げを繰り返していた。

玉をかき集めるなんて小細工に頼らず、とにかく手当たり次第に投げている。

しかも、玉を拾うときにほとんど手元を見ていない。

かごから視線を逸《そ》らさないから、玉の投入率も驚くほど高かった。

（……あ、あの運動の苦手なそらが活躍している⁉）

でも、よく考えたら納得のことかもしれない。

そらは最近ダンスの自主練を欠かさないから、体力も足腰も鍛えられていることだろう。

もしかしたら、私が怪我《けが》の心配をする必要もないのかもしれない。

（そら、すっかり成長したね……！）

私が玉入れの最中なのに感慨《かんがい》に浸っていると、

『ヴァッ⁉』

いつの間にか、あん肝《きも》が玉入れのかごの中に放り込まれていた。

「あ、あん肝っ⁉」

私は予想外のことに自分の目を疑う。

しかし、玉入れのかごに入っているのは間違いなくあん肝だった。

『そ、そら……え、えーちゃん……助けて……』

「た、助けてって言われても競技中だし……」

あん肝はかごから抜け出そうとするけど、かごに張られている網《あみ》に手足が絡まるやら、次々と玉が投げ込まれてくるやらで、身動き一つ取れなくなっていた。

（ど、どうしてこんなことに……いや、まさか⁉）

考えられることは一つしかない。

あん肝《きも》はそらを間近からカメラで撮影していた。

そして、そらはほとんど手元を見ずに感触を頼りにして玉を拾っている。

もしかしたら、そらは玉とあん肝を間違えて投げてしまったのかも……。

「あん肝、見てた見てたっ？　わたし、すっごい活躍できてるでしょ！」

そらは嬉《うれ》しそうに振り返ったけど、そこにあん肝の姿はない。

「あれっ？　あん肝はっ？」

周囲をキョロキョロと見回したあと、そらはまた玉入れに戻った。

（許せ、あん肝……！）

私も今はひたすら玉入れに集中する。

その後はそらの活躍もあって、私たち赤組は玉入れで白組に勝つことができた。

応援に来てくれたホロライブの仲間たちのテンションも最高潮だ。

しかし、華々しい勝利の代償として、あん肝は玉入れが終わるまでの間、かごの中で窮屈な思いをすることになった。

「あん肝、間違えて投げちゃってごめんね……」

私たちは玉入れが終わったあと、あん肝をかごの中から救出した。

そらはせっかく競技に勝ったのに目をうるうるさせている。

『ボクは大丈夫だよ。あれくらいへっちゃらさ』

あん肝《きも》の体はかごの中ではぺったんこになっていたけど、外に出してもらうとあっという間にいつものふかふかな体に戻った。

『それにカメラを地面に落としちゃったときは焦ったけど、運良く迫力のある映像が録画できていたみたい』

「そっかぁ……よかったぁ〜」

そらがホッとした様子で笑みをこぼす。

あとで録画された映像を確認してみたら、そこには笑顔で振り返るそら（と無我夢中で投げ続けている私の姿）がばっちり映っていた。運営さんに相談してグッズにしてもらおうかな……と思うくらいの眩《まぶ》しい笑顔だ。

（そらと一緒にいると、不意のトラブルも楽しいアクシデントになっちゃうんだよね）

あん肝を嬉《うれ》しそうにだっこするそらを、私は微笑《ほほえ》ましい気持ちで眺めていた。

×

そらのおっちょこちょいな行動は学校だけにとどまりません——

ある休日の昼下がりのこと。

スタジオ収録に向かう前、私とそらは近所の公園に立ち寄っていた。

私たちの目的はスマホで遊べるゲームアプリだ。

公園の中を歩き回りながら、ゲームに登録されているスポットに立ち寄ってアイテムを入手……そして、出現したモンスターを仲間にして育てる。

私とそらはこのゲームにはまっていて、こうして時間を見つけては公園や神社や駅前に立ち寄り、競うようにモンスターを集めていた。

「レアなやつ、ゲットできた〜」

そらが嬉しそうにスマホの画面を見せてくる。

私もお返しとばかりに自分のスマホを見せつけた。

「ふふふ、私もちゃんとゲットできてるよ」

私とそらは親友同士だけど、このゲームについてはライバルだ。

お互いの得意分野や苦手分野が関係しないゲームだし、プレイ時間もほとんど変わらないため、いつもいい勝負をしている。

「この噴水前はいろんなモンスターが集まるからいいよね〜」

「近々アップデートでプレイヤー同士の対戦機能も追加されるらしいし、今のうちにベストメンバーを集めておかなくちゃね」

「えーちゃんには負けられねぇぞ〜」

「それはこっちの台詞《せりふ》だよ」

そうして、いつものように張り合っていたそのときだ。

「あっ、黒猫だぁ～っ！」

そらが嬉《うれ》しそうな声をあげて、公園と歩道を区切っている垣根《かきね》を指さした。

垣根の中からは、黒っぽいものがひょっこりと顔を出している。

「そらは本当に猫が好きだよね」

「そうなの～。わたしが子供の頃はお家でたくさん飼ってたし～」

そらの中ではやっぱりゲームよりも猫らしい。

「猫を可愛《かわい》がることも好きなんだけど、いつかわたしも猫になりたい……」

「そこまでか」

「えーちゃん、わたしが猫になる動画企画とかやらない？　バーチャル技術で猫の姿に変身して、世界中の街を歩き回る……みたいなやつ。もちろん、えーちゃんはわたしの飼い主ね」

「私はそらが猫のときも保護者なんだね」

ともあれ、その企画については頭の片隅に置いておこう。

（そらにネコミミをつけさせる動画の方が先になりそうだけど……）

そんなことを考えていたら、そらが垣根の方に近づいていった。

「引っかかれないように注意してね、そら！」

「大丈夫だよ～、猫とのスキンシップは慣れてるから～」

そらが垣根の前にしゃがみ込んだ。

かと思ったら、悲しげな顔をしてこちらに振り返る。

「え、え〜ちゃ〜ん……」

「どうしたの、そらっ⁉」

私は慌てて駆け寄る。

そして、垣根から顔を出していたものを目の当たりにして目が点になった。

そこにいたのは黒猫……ではなく、黒いビニール袋だった。

どこかの誰かがポイ捨てしていったのだろう。

たいていの人は見間違いをしたら恥ずかしがるものだけど、素直にショックを受けているのが実にそららしい。

「ううう、黒猫じゃなかった〜」

そらは黒いビニール袋を拾い上げて、キュッと結んで小さくすると、近くにあるゴミ箱にそれを捨てに行った。

(ショックを受けても、しっかりゴミを拾うんだから偉いよなぁ……)

そらの行動には親友の私もたびたび感心させられる。

私は彼女の頭をおもむろになでなでした。

「よしよし、あとでコーヒーをおごってあげるから。甘いやつ」

「あの注文するときに魔法の呪文を唱えなくちゃいけないやつ⁉」

顔をあげたそらの目がキラキラと輝いている。

「あれはそら一人だと注文できないもんね」

「そうなんだよね……だから、注文するのもお願いっ！」

「はいはい」

私たちは公園をあとにしてコーヒーショップに向かった。

（コーヒーショップもゲームアプリのスポットに登録されてるし、モンスターもアイテムも集め放題なんだよね。スタジオ収録まで、そらと一緒にもうひと集めかな？）

足取りも自然と軽くなる。

休日のわたしたちは、こんな感じでゲームも好きな普通の女の子なのだ。

×

そらはいつも自然体なわけですが、それが自室ともなるとなおさらでして――

ある日の放課後、私はそらの自室に来ていた。

これから二人で一緒にテスト勉強をする流れだ。

脚の短いテーブルを挟み、私たちは教科書とノートを開いた。

「ふーんふふーん♪　ふーんふふーん♪」

これからテスト勉強だというのに鼻歌でノリノリのそら。

それもそのはず、そらはスマホで音楽を聴きながら勉強を始めようとしていた。

すると、私の視線に気づいて、そらがイヤホンを片方差し出してくる。

「えーちゃんも聴く？」

「いや、私は大丈夫……」

「そう？　やっぱり音楽は耳から覚えないとね」

勉強嫌いのそらでも、こと音楽に関しては別。

好きな曲はこれでもかと聞き込み、あっという間に覚えてしまうのだ。

「そらは暗記物が苦手なのに歌詞はよく覚えるよね」

どれくらい苦手なのかというと、暗記物が苦手すぎるあまり、あん肝《きも》の名前の由来になってしまうほどである。

この話題もいつまでネタにされ続けることやら……。

「メロディが流れると歌詞が連想されて思い出せるからね！」

「確かにそれはあると思うけど……歌詞にばっかり気を取られてないで、明日のテストもちゃんとしなよ？」

「………」

そらが遠い目をしてごまかそうとする。

（この手、よく使ってくるな……あとでたっぷり追及してやろう……）

さて、私も私で勉強前のお楽しみタイム。

コンビニ袋から取り出したのは雪見《ゆきみ》だいふくだ。

薄皮をまとったバニラアイスが、まるで大福のような大人気の商品。

大きめのサイズで二個入りなのも嬉《うれ》しい。

私はパックに入っているフォークで一つ目を食べ始める。

（あぁ、暑い季節じゃなくても不思議と美味《おい》しい。このもちもちとした薄皮の食感、柔らかい口当たりのバニラアイス、全体から淡《あわ》く感じる優しい甘み……これがコンビニで気軽に買って味わえるんだもん。素晴らしい！）

私がそうやって雪見だいふくを味わっていると、

「じーっ……」

そらが残った一つを食い入るように見つめていた。

「えーちゃん、いつの間にそんなものを……」

「学校帰りに二人でコンビニに寄ったじゃん」

「アイスが目に止まらなかったんだよ～」

そらが上目遣いでおねだりしてくる。

「えーちゃん、一つちょうだ～い？」

「あげないよ」

私はノータイムでお断りする。

なにしろ雪見《ゆきみ》だいふくは一パックに二個しか入っていない。

そのうち一個をあげるのは、全体の五十パーセントを失うことを意味する。

(まあ、いつもの私ならあげなくもないんだけど……)

今日はちょっとあげたくない理由があった。

「え〜ちゃ〜ん！　え〜ちゃんってばぁ〜！」

そらが猫なで声ですり寄ってくる。

はいはいで迫ってくる様子はまさしく猫そのものだった。

さらには後ろから抱きついてきて頬《ほほ》ずりまでしてくる。

「勉強も頑張るから〜。テストでいい点取るから〜」

「で、そらは私が雪見だいふくを一つ欲しがったらくれるの？」

「………………」

とぼけた顔で遠くを見つめるそら。

(私は知っているのだよ……そらが『あげない派』なのは！)

というか、普通にそら自身が話していたことだ。

それをすっかり忘れてしまうあたりが、そらのそらである所以《ゆえん》なんだろう。

(それにしても、自分が『あげない派』にもかかわらず、私にはしれっとおねだりしてくるなんて……そら、おそろしい子！)

はぁ、と私は軽いため息を一つ。

残りの雪見だいふくをフォークで刺して、そらに向かって差し出す。

「勉強の前には糖分を補給しておかないとね」

「あっ……ありがとう、えーちゃん～♪」

そらが満面の笑みを浮かべて大福アイスにかぶりついた。

「う～ん、幸せ～♪」

「これを食べたら一緒にテスト勉強するよ」

「ぬん！　頑張るぅ～♪」

そらがやる気を出してくれたところでテスト勉強スタートだ。

（これは私の作戦通りにそらをやる気にさせることができたのか、それともそらの作戦通りに私から雪見だいふくをせしめることができたのか……）

まあ、細かいことはいいか。

だって、私とそらの仲なのだから。

×

そらは横浜《よこはま》アリーナでのライブを目標にして日々頑張っています。

そんな彼女は歌だけではなく、もちろんダンスの練習もしていまして――

その日、私は自室でパソコンとにらめっこしていた。

今日は動画の収録や生放送の予定はない。

それならなにをしているのかと言えば、自分のパソコンでMV……ミュージックビデオの編集をしていた。そらの歌やダンスを映像効果で彩り、視覚でも楽しめる動画に仕上げるのも私の担当だ。

（ふーむ、ここで歴代のそらの衣装を紹介して……背景にはテロップを……よし、残りの作業は明日で大丈夫かな）

編集作業に一区切りついたところで、私のスマホから通知音が鳴った。

スマホを手に取ってみると、そらからＬＩＮＥのメッセージが来ていた。

『ＭＶの編集ははかどってる～？』

私はすぐにＬＩＮＥを送り返す。

『こっちは順調かな。そらの方はどう？』

『むふふ』

何か企《たくら》んでいるような顔のスタンプが送られてくる。

そらはスタジオで自主練の真っ最中のはずだ。

スタジオは手狭《てぜま》といっても、ダンスの練習に使える程度には広い。曲を大きな音量で流せるし、カメラ写りも確認できるし、ドタバタしても誰にも迷惑をかけないので、練習場所としては最適だ。

（さて、そらは何を企んでいるやら……）

スマホの画面を眺めていたら、今度は短い動画が送られてきた。

『えーちゃん、見てるー？』

動画にはそらの笑顔がアップで映っている。

自分のスマホを床に置いて自撮りしているのだろう。

そらがカメラから少し離れると、彼女のレッスン着姿が映った。

曲が流れ始めると同時にそらも踊り始める。

新曲用の振り付けを練習し始めたばかりなので、ぎこちなさはあるけどステップは軽やかで見ていて実に心地いい。

踊り終わったそらが手の甲で汗を拭《ぬぐ》った。

『結構上手《うま》くなったでしょ？』

そらのしたり顔がアップで映ったところで動画が終わる。

私は『なかなかやるね』という感じのスタンプを送った。

（ちゃんと頑張ってるみたいだし、ちょっと顔を出しに行こうかな？）

ちょうどＭＶの編集もきりのいいところまで済んだところだ。

私は手早く支度して自宅を出る。

ダンスの自主練によっぽど集中しているらしく、スタジオに向かう途中、そらからＬＩＮＥは送られてこなかった。

二人で一緒にいるとついつい話が盛り上がり過ぎたり、そうでなくてもそらがやたらとベタベタしてきたりと、気が散ってしまうことも多い。

ときにはお互い別々で行動する時間も重要だ。私としてもそらが集中できる環境を一番大切にしたい。

そうこうしているうちにスタジオに到着する。

私はスタジオのドアをゆっくりと開いた。

パソコンや機材の並んでいる場所の正面……いつも動画の収録や生放送に使っているスペースで、そらはダンスの自主練に打ち込んでいた。

スマホからは練習中の新曲が流れている。

スタンドミラーで自分の姿を確認しながら、ああでもないこうでもないと試行錯誤を繰り返しているようだった。

「そら……」

私が声をかけてみても、そらはこちらに気づかない。

やはりとてつもない集中力だ。

そんな彼女に声をかけるのもためらわれ……否《いな》、私はすっかり見とれていた。

そらの頑張っている姿に見とれるたび、私は自分自身もときのそらのファン……そらともの一人なのだと実感する。夢を追いかける純粋な姿を間近で見ていると、それだけで心が洗われるような気持ちになる。

誰しも大人になるにつれて、どこかで夢を諦《あきら》めたり、妥協したりしてしまう。高校生である私ですら、それはどこかで感じていることだ。少なくとも、私は今から幼き日に夢見たお姫様や魔法使いになろうとは思わない。

でも、そらは現在進行形で目指している。

たくさんの人たちに笑顔の魔法をかけられるアイドルを！

（頑張れ、そら……！）

しばらくそっとしておこう。

そう思って、私がその場から立ち去ろうとしたときだった。

「うわっ⁉」

床に垂れてしまった汗を踏み、そらが大きくバランスを崩した。

「そら、危ないっ‼」

私は大慌てで引き返すと、転びそうになったそらの体を受け止めた。

少女漫画に出てくるイケメンキャラのように上手《うま》くいくはずもなく、私は不格好な体勢で半ばそらの下敷きになってしまう。

「そら、大丈夫だった⁉」

「う、うん……って、えーちゃんだっ！」

自分が転んだことを忘れたかのように、そらは私を見て目をまん丸にしている。

私たちはお互いの体を支え合うようにして立ち上がった。

「えーちゃんの方こそ大丈夫だった？」

「うん、平気。そらが頑張ってるみたいだから、様子を見に来たんだよ」

「そうだったんだ～。いつから見てたの？」

「そらが転びそうになる少し前からね。間に合って本当によかった」

私はタオルを手にとって、そらの汗をサッと拭き取る。

「怪我《けが》には本当に注意してよ。そらの夢はもう、そらだけのものじゃないんだから」

「……うん」

そらは意外にもいつになく真面目な顔でうなずいた。

「ありがとう、えーちゃん。ちゃんと気をつける」

「ま、まあ……注意してくれるならいいよ」

私は面食らってしまう。

最近のそらのことだから、笑ってはぐらかしたりするのかと思った。

でも、実際はそんな雰囲気をこれっぽっちも感じさせない。

そらの中には、すでにアイドルとしての自覚が存在するのだろう。

自分が夢に向かって全力疾走する姿が、誰かの元気や勇気になることを知っている。大好きな曲を思いきり歌うだけじゃない……応援してくれる人たちの期待に応えたいという気持ちが、彼女の中で確かに息づいているように感じられた。

「えーちゃん、私が転んだのに若干嬉《うれ》しそうな顔してない？」

「そらも成長したんだなーって思ってたところ」

「えっ⁉　どういうこと？」

私は頭上にハテナを浮かべた面《おも》もちのそらの肩をぽんぽんと叩《たた》いた。

「ほらほら。あと少し頑張ったら、二人でご飯に行こう」

「が、頑張るさぁー！」

そらが再びスタンドミラーと向き合う。

私はいつものパソコンの前に腰掛けて、彼女の頑張る姿を見守った。


そらの自主練が終わったあと、私たちは近場のファミレスにやってきた。

動画の収録や生放送の打ち合わせ、あるいはちょっとした打ち上げのため、こうして二人でファミレスを利用することは多い。

「ダンスの練習したから、すっごいお腹《なか》減っちゃったよ」

そらの前には彼女の注文した料理が並んでいた。

きのことベーコンのクリームパスタ、それからセットの野菜サラダ。

食後にはデザートのアイスクリームも来る予定。

私の方は激辛チゲ鍋にご飯とサラダのセットだ。

「えーちゃん、相変わらず辛《から》いものを食べてるね……」

そらがあきれた顔で激辛チゲ鍋を見つめている。

ちなみにそらは辛いものに強くもないが、弱くもないという程度だ。

「好きだからね」

「もしかして、いつかの激辛ＭＡＸ ＥＮＤって、本当はえーちゃんが食べたかったのを私に食べさせたんじゃないの？」

「それはない……というか、食べたかったらちゃんと自分で買って食べるよ」

結局、以前のドッキリ企画のあと、そらには改めてペヤングやきそば激辛ＭＡＸ ＥＮＤを動画企画で食べてもらっていた。

もちろん、そらなら大丈夫だと判断してのこと。本当に辛いものがダメな人に激辛料理は食べさせられない。ましてや、そらは歌を得意とするアイドルなので、喉《のど》を傷《いた》めるような食べ物はもってのほかだ。

「サラダのトマト、えーちゃんにあげるね」

そらがフォークで刺したトマトを私のサラダに移してくる。

まるで流れ作業のようにやたらテキパキとした動きだった。

「えーちゃんは野菜が大好きだもんね」

「さも当然のようなことを言って、嫌いな野菜を私に押しつけない」

「お、押しつけてないよぉ……」

完全に目が泳いでいる。

（せっかく成長を感じてたのにこれなんだから……）

たまに焼き肉に行ったときなんかもこんな調子だ。

自分は肉ばっかり食べて、しれっと野菜を押しつけてくる。

肉食のそら、やっぱりおそろしい子！

（しかし、今日という今日はお仕置きをしてやろう）

私は心の中でほくそ笑み、押しつけられたトマトを箸で摘《つま》み上《あ》げた。

「え、えーちゃん……何するつもりっ⁉」

「一人前のアイドルを目指すなら、野菜の好き嫌いも克服しないとね」

「関係ない！　アイドルと野菜の好き嫌いは関係ないから！」

「野菜も食べて怪我《けが》しにくい体を作ろうね、そら……はい、あーん」

私はそらの口にトマトを押し込もうと試みる。

そらはダンスで鍛えた動きでトマトを必死に回避する。

私たちの他愛《たあい》もない小競《こぜ》り合いはしばらく続いた。

あなたの心は…

「くもりのち晴れ!」

ライトノベル出張版

ホロライブ編

マリンメイド服のバーチャルメイド。
本人は頑張っているが
おっちょこちょいでドジっ子。

Twitter▶ @minatoaqua

YouTube チャンネル▶

そらともネーム：湊あくあ

私はアニメの女の子が好きです。推しが出る度に「ヒエッ」とか「ファアア！？」と超興奮します。流石にヤバいと思うのですが、この興奮を抑えるにはどうすれば良いですか？そらちゃんにこんな質問まずいかなと思いましたが、匿名という事で相談します。 え？ 匿名じゃない…？

オワタ＼(^o^)／

Answer

わたしは超興奮はしないけど、その気持ちはわかるかもしれない…。だってかわいくて好きな女の子を見たら、テンションが上がっちゃうのはしょうがないと思うよ～。でもその日は一日中ハッピーな気分で過ごせちゃうし、興奮は抑えなくてもいいと思います！でもお外にいるときだと「えっ…あくあちゃんどうしたの!」ってほかの子に心配されちゃったりするかもしれないから、外にいるときはあくまで頭の中だけではしゃぐようにすれば大丈夫さぁ!

あなたの心は…

「くもりのち晴れ！」

ライトノベル出張版

ホロライブ編

魔界学校に出没する子供
…ではなく本人曰く大人（らしい）。
自称名門の出身で黒魔術を
得意としている（らしい）。

Twitter▶ @murasakishionch

YouTube チャンネル▶

そらともネーム：紫咲シオン

先日ホラーゲームをしたのですが、思ったのと全然違いホラーゲームで大爆笑でした。
ホラーゲーム大好きなそら先輩のおすすめのゲームはありますか？
教えてください！

Answer

大爆笑しちゃったの!?　でもたまにあるよね、これ絶対笑わせに来てる…っていうホラーゲーム。でも最後まで何が起こるかわからない、そういうところも含めてホラーゲームの魅力のひとつだと思います！　そしておすすめのホラーゲームは…ありすぎて、挙げてたら本が一冊書けちゃいそう～！　ということで、シオンちゃん…今度おすすめホラーゲームをする日を作ろう、1日中バッチリ教えるからね♪

【4】ＶＲホラーゲーム『幽霊館《ゆうれいやかた》からの脱出』

……それはある日の生放送が発端だった。

「お便りのコーナーでーす！」

わたしはいつものようにスタジオで生放送の企画を進めていた。

そらとものみんなからのお便りを紹介するコーナーは、シンプルながらも人気の企画の一つだ。

「お便りのテーマは『好きなもの・はまっているもの』です。そらとものみんな、たくさんのお便りを送ってきてくれてありがと～！　今日も時間の許す限り、なるべく多く紹介していきたいと思います」

えーちゃんがパソコンを操作すると、モニターに最初のお便りが表示された。

「そらともネーム『ファミパンおじさん』さんからのお便りです」

わたしは一通目のお便りを読み始める。

「『そらちゃん、えーちゃん、いつも楽しく生放送を見させていただいてます。お便りのテーマが〝好きなもの・はまっているもの〟ということですが、自分が今はまっているものはホラーゲームです』……おおおーっ！　わたしと同じだぁ～！」

周りで同じ趣味の人はなかなかに少ないので、わたしはついテンションが上がってしまう。

「そうなんです！　ときのそらはホラーゲームが大好きなんです！」

わたしはカメラに近づいて力強く訴える。

「ホラーゲームと出会ったのは従姉から教えてもらったのが始まりでね……パソコンで遊べるフリーゲームから、市販のゲーム機で遊べるホラーゲームまで、それから色々なものを遊ぶようになったんだ〜♪」

今では遊んだホラーゲームは両手では数え切れない。

それらの一つ一つが、わたしにとって大切な思い出だ。

「たくさんあるホラーゲームには面白いものもたくさんあって、そらとものみんなに動画企画や生放送でもっともっと紹介したいなーって思ってるの！　それから、まだ遊んだことのないホラーゲームにも挑戦してみたいし……」

わたしはちらりとカメラに映っていない親友に視線を送った。

「できれば、えーちゃんと一緒に遊びたいな〜！」

「やらないよ」

「えーっ!?　どうしてーっ!?」

「もう何回もやってるから」

わたしとえーちゃんが二人でホラーゲームを遊ぶ企画は、わたしたちのチャンネルでも好評の企画だ。

基本的には経験者のわたしが解説役になり、未経験者のえーちゃんがゲームを攻略するというスタイルでやっている。

「何回もやろうよ！　面白いホラーゲームはたくさんあるんだし！」

「やるんなら、そら一人でもいいんじゃない？　私は裏方なんだし……」

「ホラーゲームは複数人で遊ぶとさらに面白いんだよ。遊ぶ人によってプレイの仕方もストーリーの解釈も違ってくるし、それにリアクションだって人それぞれだし……それからそれから、感想を言い合えるのもいいことだよねっ！」

わたしは自分自身の言葉に深々とうなずいた。

でも、えーちゃんは相変わらず気乗りしない様子だ。

「いやぁ……一緒に遊ぶのは私じゃなくてもいいんじゃないかな？」

「えーっ⁉　わたしとホラーゲームやろうよやろうよやろうよーっ‼」

「はい、次のお便りをお願いします」

「さらっと流さないでよ～！　……あれ？　運営さんから何か来てる？」

えーちゃんとのお話に夢中になっている間に届いていたのか、モニターに運営さんからのメッセージが表示されていた。

「えっ⁉　私の方には送られてきてないんだけど⁉」

えーちゃんが信じられないようにわたしとパソコンの画面を交互に見る。

わたしは送られてきたメッセージを読み上げた。

「ええと……『お便りコーナーに送られてきたものではないのですが、同じような主旨のお便りがたくさんのそらともさんたちから送られてきています』だって！」

「そ、それはどういう……」

そらとものみんなからのお便りがモニターにいくつも表示される。

お便りには決まって、えーちゃんと一緒にホラーゲームを遊んでほしいというリクエストがしたためられていた。

「おぉーっ！　みんな、えーちゃんの怖がってるところが見たいんだって！」

「えええ……それ本当？　本当に送られてきてるの？」

えーちゃんが慌てて確認しに来る。

もちろん、送られてきたメッセージは全て本物だ。

「ほ、ほんとに送られてきてる……」

実際のメッセージを目の当たりにした瞬間、えーちゃんがその場に膝《ひざ》をついた。

「みんな、そんなに私の悲鳴が聞きたいのか……」

「あっ！　運営さんからもう一つメッセージが来てるよ！」

うなだれているえーちゃんを立たせてあげて、わたしたちは改めて運営さんからのメッセージを確認する。

「『あん肝《きも》くんが面白そうなホラーゲームを見つけてくれたので、そらさんと友人Aさんで遊ぶ動画を収録してはどうでしょうか』……だって！　やったね、えーちゃん。わたしたち二人でまたホラーゲームが遊べるよ！」

わたしは嬉《うれ》しさのあまり、えーちゃんの腕に抱きついた。

えーちゃんはぎこちなく苦笑いしている。

「あぁ、うん……そだね……ははは……」

「あっ！　生放送を見てるそらともさんたちも期待してるみたい！」

わたしはコメント確認用のモニターを指さす。

そこには「ホラーゲームの実況動画を待ってました！」「そらちゃんの攻略は分かりやすいから好き」「えーちゃんのあたふたしてるところがまた見られるなんて……」と、そらとものみんなから好意的なコメントが寄せられていた。

（やっぱりみんなホラーゲームが好きなんだなーっ！）

わたしはそれが嬉しくなって、ついニヤニヤしてしまう。

「ほら、次の企画も決まったところで、お便りコーナーの続きをしよう！」

「ううう……まさか、こんなことになるなんて……」

えーちゃんが肩を落としたままパソコンの前に戻る。

わたしは意気揚々とお便りのコーナーを進行させた。

×

翌週、わたしとえーちゃんはスタジオに集まった。

目的はもちろんホラーゲームの実況動画を収録するためだ。

わたしはすでにいつもの衣装に着替えているので準備万端。

えーちゃんはタブレットを持たず、手ぶらでわたしとカメラに映っている。

それなら誰が代わりに撮影の進行をしているのかというと、なんとあん肝《きも》が担当してくれていた。

もちろん、あん肝の体ではパソコンに手が届かないので、特別にファミレスで赤ちゃんが座るような座面の高い椅子《いす》に座っている。

『二人とも準備はいいかな？』

「おーっ！」

わたしは元気に右の拳《こぶし》を天井に向かって突き上げる。

一方、えーちゃんはスタジオ入りしたときからうつむきっぱなしで、トレードマークの青いリボンまでしんなりしているように見える。

怖いものを少しでも遠ざけたい気持ちの表れか、シャツには『悪霊退散《あくりょうたいさん》』という立派な筆文字がプリントされていた。

「お、おぉ……」

「えーちゃん、テンション低すぎない？」

「ホラーゲームをやるときのテンションって、普通これくらいだと思うよ……」

「新作のホラーゲームが遊べるんだもん、テンション上がりまくりだよ！」

遊んだことのないホラーゲームを……しかも、親友のえーちゃんと一緒に遊べるなんて滅多《めった》にない。

正直な話、わたしは今朝からドキドキわくわくしっぱなしだ。

『二人には新作のホラーゲーム【幽霊館《ゆうれいやかた》からの脱出】を遊んでもらうよ』

あん肝がこれから遊ぶゲームの説明を始めてくれた。

『これはパソコンやゲーム機で遊ぶんじゃなくて、ゲームの世界をリアルに探索《たんさく》できるＶＲホラーゲームなんだ。二人は初めての体験になるだろうけど、ボクがちゃんとロケハンしておいたから安心してね』

「いつもありがとうね、あん肝♪」

わたしたちをびっくりさせたくて、あん肝は夜中にこっそりとゲームの下見をしているらしい。今回の提案も見事なサプライズだよ、あん肝！

『ボクはゲームの外から声でサポートするよ。もしもゲームの攻略で困ったときは、ボクに質問してくれたら答えるからね』

「ぬんぬん。あん肝のこと、頼りにしてるよ」

「あー、本当に始まるのかー」

ますますナーバスになっていくえーちゃん。

わたしはリラックスさせるつもりで、彼女の肩をぽんぽんと軽く叩《たた》いた。

「大丈夫だよ、きっと面白いから」

「面白くても怖いのはダメなんだって！」

「わたしがちゃんとサポートするから、大船に乗ったつもりでいてね」

「その船、タイタニックじゃないよね？」

そんなことを話しているうちに、あん肝《きも》が柔らかそうな手でパソコンを操作した。

『それではいってらっしゃ〜い！』

わたしたちは見慣れたスタジオから、見知らぬ場所に移動させられる。

目の前に現れたのは、おどろおどろしい雰囲気の洋館だ。

かなりの年月放置されていたのだろう……屋根や窓ガラスにはヒビが見られ、薄汚れた壁には植物のツタが絡みついている。前庭にある花壇には、乾いた土塊が敷き詰められているだけ。木々もすっかりやせ細って枯《か》れている。かつては美しい景観だったのかもしれないけど、今はもうその面影はない。

空には今にも雨が降ってきそうな黒雲が広がっており、どこからともなく薄気味悪いカラスの鳴き声が聞こえてきた。

正面には両開き扉が、わたしたちを待ち構えている。

「ここが幽霊館《ゆうれいやかた》かぁ……ホラーゲームといったら洋館は定番だよね」

「そらは元気でいいなぁ……」

「今からこの中を探検するって思うとわくわくするよ〜」

「わざわざ探検しなくても、このまま帰ったらダメ？」

わたしたちが振り返ってみると、洋館の周囲がレンガの壁に囲まれていて、その切れ目に鉄柵で造られた門扉《もんぴ》が取り付けられているのが分かった。

わたしたちは試しに近づいてみようとするけど、見えない壁に阻《はば》まれて門扉の外には出られなかった。体は歩いているのに前に進まない状態で、さながらルームランナーの上を走っているかのようだった。

えーちゃんはわけも分からず、その場で足踏みを続けている。

立ち止まらず動き続けているあたり、かなり混乱してしまっているらしい。

「えっ⁉　これ、どうなってるのっ⁉」

「そこには見えない壁があるみたいだね」

「なんで⁉」

「ゲームクリアして脱出フラグを立てないと、敷地から出られないようになってるんだよ～きっと。行けるように見えても行けなかったり、触《さわ》れるように見えても触れなかったりするのは、ゲームではよくあることだからね」

「ゲームの仕様ってやつか……これは進むしかなさそうだね……」

「そうそう。覚悟を決めて、いざ突入！」

がっくりしているえーちゃんの手を引き、わたしたちは洋館に足を踏み入れる。

その瞬間、通ってきた扉が軋《きし》むような音を立てて閉じた。

「か、勝手に扉が閉じた⁉」

えーちゃんが慌てて扉を開けようとする。

しかし、扉はまるで溶接されたかのようにびくともしなかった。

「扉は閉じるものだからね～。それもクリアするまで開かないよ」

「ち、ちなみに隣の窓は……」

えーちゃんが諦《あきら》めずに窓を開けようとする。

案の定、その窓もはめ殺しにされているかのように動かなかった。

「いよいよダメだと思ったら窓を割ってでも……」

「それはやめた方がいいよ、えーちゃん。ホラーゲームの窓は割れないくらい頑丈なのが普通だし、たとえ窓から無理やり外に出たとしても、ちゃんと謎を解かないと元の場所に戻されたり、無限ループにはまって同じところをさまようことになるの。他にも、元の世界と別次元に切り離されたりとか――」

「そらってホラーゲームのことになると途端に饒舌《じょうぜつ》になるよね」

「だって、好きなんだも～ん♪」

わたしは改めて周囲をぐるりと見回す。

正面扉を通った先は、広々としたエントランスになっていた。

床には絨毯《じゅうたん》が敷き詰められているが、すり切れている上にほこりまみれだ。壁紙は所々剥《は》がれているし、頭上のシャンデリアは錆《さ》び付《つ》いてる。それから、片隅には古びた南京《なんきん》錠《じよう》のかけられた鉄扉があった。

壁にはいくつも燭台《しよくだい》がかけられており、そのうちのいくつかの蝋燭《ろうそく》には火が灯《とも》されている。無人の洋館なのに明かりがあるのは、実は誰か住んでいるのか、あるいは人ではない何者かの仕業なのか……。

仮に正面の扉がある方角を南とすると、エントランスの東西には廊下が延びており、それぞれいくつか部屋がある西棟と東棟につながっているようだった。

「ぴぃっ!?」

えーちゃんが唐突に小鳥のような悲鳴をあげた。

（いきなりなにっ!?）

わたしが慌てて振り返ると、えーちゃんが床で腰を抜かしていた。

「そ、そらっ！　いきなり目の前に幽霊《ゆうれい》がっ！」

えーちゃんがあたふたしながら空中を指さす。

わたしたちの前には、確かに半透明の四角い物体がふよふよと浮いているけど……。

「えーちゃん、それメッセージウィンドウだよ」

「えっ、そうなの？　た、たはは……」

気が抜けて乾いた笑いを漏《も》らすえーちゃん。

えーちゃんに手を貸して立たせてあげて、わたしたちはメッセージウィンドウに表示された文章を読んだ。

『あなたたちが館《やかた》に足を踏み入れたことで、唯一の脱出路である扉が封鎖された。あなたたちが脱出するには、この館に潜《ひそ》む幽霊《ゆうれい》を退治するしかない。さもなくば、あなたたちは新たな館の住人になってしまうことだろう……』

読み終えると同時にメッセージウィンドウが閉じる。

「なるほどー、幽霊を退治して脱出するストーリーなんだね。面白そうさぁ〜」

「そ、そうかなぁ……ひゅひぃっ!?」

えーちゃんがまたもや素《す》っ頓狂《とんきょう》な悲鳴を上げる。

さっきのメッセージウィンドウとは別に、またもや半透明の四角いものがふよふよと宙に浮いていた。

見てみると『アイテム』『セーブ』『ヘルプ』といった項目が並んでいる。

「それメニュー画面だよ？　えーちゃんはおっちょこちょいだなぁ〜」

「あーもう……私、ここから動かなくてもいい？」

「だーめ！　さあ、幽霊をやっつけに行こう！」

そのとき、えーちゃんが歩き出そうとしたわたしの衣装の裾をつかむ。

「私、目つぶっててもいい？　そらの衣装、つかんでるからさ」

「それだとホラーゲームを堪能《たんのう》できないよ？」

「た、堪能したくないぃ……」

それから、わたしたちは寂れた洋館を探索《たんさく》し始めた。

ホラーゲーム攻略の基本は、とにもかくにも調べることだ。

部屋を一つずつ見て回り、テーブルの上に置いてあるものとか、なにかありそうな棚の中とかをしらみつぶしにチェックする。

探索中は不自然なタイミングで花瓶が倒れる、額縁が落ちる、食器が割れる……といったアクシデントが起こった。

そのたびに絶叫するえーちゃんを励ましながら探索し続けると、いかにもキーアイテムっぽい『ちぎれたメモ』を入手できた。ちぎれたメモはアイテム化して、メニュー画面に収納しておいた。

そうして、西棟で最後の部屋を探っていたとき。

「なんでこんなにたくさん、変なタイミングで物が落ちてくるかなぁ……」

部屋の中を調べながら、えーちゃんがぐったりとした様子で言った。

さっきから物が落ちる音に驚かされっぱなしで、すでにへとへとになっている。

「ほんと心臓に悪いんだけど……」

「まあまあ、物は落ちてくるものだから」

「あと、これは素朴な疑問なんだけど……クマのぬいぐるみ、多くない？」

「あはは、それはホラーゲームあるあるだね～」

クマのぬいぐるみとか、薔薇《ばら》の挿してある花瓶とか、謎の絵画とか、洋風な世界観のホラーゲームでは確かによく見かける。

同じ見た目のものが、別の部屋にいくつも置かれているなんて日常茶飯事だ。ホラーゲームの製作者さんも、洋館っぽい雰囲気を出すのに苦労してるんだろう。

（うんうん、こういう裏事情を感じられるのも面白いところだよね……）

わたしがホラーゲームの奥深さに浸っていると、

「おっ……これは？」

戸棚にすっぽりと収まっている古びた金庫を発見した。

鋼鉄製の金庫は四桁《ケタ》のダイヤル錠《じょう》で閉ざされている。

「えーちゃん、これって……」

「あーっ！　さっき見つけたあれかな？」

えーちゃんが（今度は驚かずに）メニュー画面を開いた。

アイテムの項目から『ちぎれたメモ』を選択すると、彼女の手元にメモが現れた。

えーちゃんがじぃーっとそのメモを観察する。

「このメモに書かれている数字は１、２……でも、続きの数字が破けてる。裏側には何も書かれてないみたい」

「続きの数字のヒント、どこかになかったかな……」

わたしはこれまでの調査を思い返す。

「そういえば、食堂に置かれていた誕生日パーティーの招待状に『娘の誕生日は今月の十九日です』って書かれてたよね」

「そら、それじゃない⁉　その娘の誕生日が実は十二月十九日で1219。娘の誕生日を金庫の番号にするなんて、いかにもありそうだし！」

「よし、試してみるね……」

わたしは金庫のダイヤル錠を『1219』にセットする。

すると、カチリと音を立てて古びた金庫が開いた。

わたしたちは「やったね！」とハイタッチする。

金庫の中にはこれまた古びた鍵が入っていた。

それもレトロな錠前に差し込むような棒状の鍵だ。

わたしが古びた鍵を手に取ると『地下一階の鍵を手に入れた！』とメッセージウィンドウに表示された。そして古びた鍵はアイテム化して、ちぎれたメモと一緒にメニュー画面へ収納される。

「え～っ⁉　地下とか絶対にやばいやつじゃ～ん‼」

えーちゃんが悩ましげに頭を抱える。

わたしはふと鍵の使えそうな場所を思い出した。

「確かエントランスホールの隅っこに、古そうな錠前のかけられてる扉があったよね。あそこが地下への入口かもしれないし、早速行ってみようか」

「むーりーっ！　行きたくなぁーいっ！」

「えーちゃん、駄々《だだ》のこね方が赤ちゃんみたいだよ」

「あ、赤ちゃんと言われるのは流石《さすが》に恥ずかし……ふぃいいいいいっ!?」

えーちゃんが振り返るなり、素《す》っ頓狂《とんきょう》な悲鳴を上げた。

わたしも慌ててそちらを見ると、廊下に出るドアを塞《ふさ》ぐようにして、十代前半とおぼしき洋装の少女がいつの間にか立っていた。

少女の体は半透明で、背後の壁やドアが透けて見えている。

顔が隠れて見えないほど前髪が伸びており、全身からは儚《はかな》く悲しげな雰囲気を醸《かも》し出《だ》していた。

「幽霊《ゆうれい》！　そら、幽霊が出たよ！」

「本当だぁ！　幽霊さん、こんにちは～♪」

「なに暢気《のんき》に挨拶してんの!?」

えーちゃんが早く逃げようと言わんばかりに袖を引っ張ってくる。

わたしはそんな怯《おび》える彼女の頭を、ぽんぽんしてなだめた。

「えーちゃん、そんなに怖がらなくても大丈夫だよ。こういう女の子の幽霊は悪霊とかじゃなくて、実は真犯人に殺されちゃった被害者だったりするんだよ。怖がらずに耳を傾けてあげたら、案外攻略のヒントを教えてくれたり……あっ！」

気づいたら少女の幽霊は姿を消していた。

「な、なにもいいこと聞けなかった……」

「私はホッとしたよ……悪さされなくてよかった」

少女の幽霊は何を伝えようとしていたのか、そもそも何者なのか……。

わたしたちは新たな謎を胸にエントランスへ引き返した。

予期せぬアクシデントが起こったのは、さっそく地下への入口を探そうとエントランスを歩いていたその瞬間だった。

――ギシギシギシギシ!!

頭上から気味の悪い音が聞こえたかと思うと、錆《さ》び付《つ》いたシャンデリアがわたしたちめがけて落下してきた。

「えーちゃん、危ないっ!!」

「そ、そらっ!?」

わたしはえーちゃんに飛びついて、なんとか二人で避《よ》けようとしたんだけど……結局、わたしたちはシャンデリアの下敷きになってしまった。

『ゲームオーバー』

真っ暗になったわたしたちの視界に、真っ赤な文字が浮かび上がった。

『……というわけで、二人をセーブポイントから復活させたよ!』

どこからともなく、あん肝《きも》の声が聞こえてくる。

真っ暗になった視界が元に戻ったかと思うと、わたしたちはエントランスに入る直前の廊下に戻っていた。

どうやら、チェックポイントで自動的にセーブしてくれるらしい。

何度もゲームオーバーになることもあるホラーゲームでは、オートセーブはわたしたちプレイヤーにとって非常に助かるシステムだ。

「ありがとう、あん肝《きも》～。次も頑張るね～」

どこから見ているのかは分からないが、わたしはとりあえず手を振ってみる。

「ほ、本っ当に心臓が止まるかと思ったぁ……」

隣で自分の胸を手で押さえているえーちゃん。

わたしは青ざめている彼女の背中をさすってあげた。

「まさか戻ってきたタイミングで作動する罠《わな》とは思わなかったよね」

「なんで罠に引っかかったのに若干嬉《うれ》しそうなの……」

「ホラーゲームの制作者さんが頑張って作ってくれた罠だもん。なるべくたくさん見つけて、ちゃんと引っかかりたいじゃん？」

「見たい気持ちは分かるけど、体感型のゲームでまでやる勇気は……」

「さっきは慌てちゃってよく分からなかったし、改めてもう一回引っかかってみる？」

「勘弁してください」

今度はシャンデリアの罠が作動しないように壁際を移動して、わたしたちはエントランスの片隅にある鉄扉の前に辿《たど》り着《つ》いた。

鉄扉は防火扉を思わせる頑丈そうな造りで、かけられている南京錠《なんきんじょう》も古びたデザインながら丈夫そうだ。

わたしはメニュー画面から『地下一階の鍵』を呼び出すと、それを鉄扉にかけられている南京錠に差し込んで回した。

すると、確かな手応えと共に南京錠は外れた。

「やった！　やっぱりここが地下への入口だったんだ！」

「あぁ……開いてしまったぁ……」

「えーちゃん、先に進めるのになんで残念そうなの？」

鉄扉を押し開けて、目の前に現れた冷たい石階段を下りる。

石階段を下りきった先は、ほぼ真っ暗な廊下になっていた。

廊下は壁にランプが点々とかかっているだけで、ほんの数メートル先までしか見通しがきかない。空気はじめっとしているうえに肌寒く、足下に敷き詰められた石畳にはこけが生えている。

「わー、真っ暗！」

「むりむりむりっ！　視界が制限されるとか本気で無理っ！」

えーちゃんは腰が引けて、階段を下りたところから動けなくなってしまう。

わたしはここでも彼女の手を引いて進むことにした。

「ほら、えーちゃん！　さぁ、地下も探索《たんさく》するぞ～っ！　探索だ♪　探索だ♪」

「そら、元気だなぁ……」

あきれるえーちゃんを引っ張りながら、先の見えない廊下を進んでみる。

廊下の左右にはドアが等間隔に並んでいたので、どうやらいくつも部屋があるらしいと分かった。

さらに廊下の突き当たりに辿《たど》り着《つ》くと、これまた頑丈そうな鉄格子が現れた。鉄格子は開閉できる構造になっているものの、太い鎖《くさり》でがんじがらめに封鎖されている。しかも、鉄格子の向こうには光源がないので、奥の様子が全然分からなかった。

「うーん……これ以上は鎖をなんとかしない限りは進めないみたい」

「ああぁ、突き当たりまで来ると、振り返るのが怖い……」

少女の幽霊《ゆうれい》に出会ってから、なおさら警戒しっぱなしのえーちゃん。

わたしが先に振り返って安全を確認する。

「女の子の幽霊はいないみたいだよ。でもさっきから、誰かの足音と金属を引きずるような音がどこかから聞こえてきてるけど……」

「聞こえてないふりをしてたのに言わないでーっ！」

「うーん……とりあえず、ここは後回しにしようか」

わたしたちは廊下を引き返して、行きがけに見かけたドアの先を一つずつ調べてみることにした。

いくつか鍵のかかっているドアがあって後回しにしたり、単なる空き部屋もあったりしたものの、書庫になっている部屋では新しい発見があった。

「そら見て、これって！」

えーちゃんが本棚から一冊の分厚い本を引っ張り出す。

本棚にはたくさんの本が収められているけど、いわゆるゲームの都合によって、ほとんどの本はその場に固定されてしまっている。そのため、本棚から取り出せるだけで重要なアイテムだと分かった。

「この本だけ淡《あわ》く光ってるから、なにかあると思ったけど……」

「よし、早速読んでみよう！」

わたしたちは近くにあったテーブルに分厚い本を置いた。

表紙を開いた途端、ページがぱらぱらと自動的にめくれ始める。それから、新聞記事の貼り付けられているページでぴたりと止まった。

「これは……スクラップブックみたいだね」

貼られている新聞記事によると、この洋館では十年前に一家心中が起こったらしい。

父親が薪割《まきわ》り用の斧《おの》で、家族を次々と殺して回ったのだとか……。

その中でも一人娘は、見るも無惨《むざん》な有様になっていたという。

えーちゃんがぶるっと震えた自分の体を抱きしめた。

「その一家心中を起こした父親が、ここを幽霊館《ゆうれいやかた》にした犯人ってことかな……」

「ありえそうだよね！」

新聞の記事を読み終わると、再び本のページがめくれ始めた。

新たなページに挟まっていたのは、新聞記事ではなく小さな鍵。

「また新しい鍵だね……」

わたしが小さな鍵を指で摘《つま》み上《あ》げると『用具室の鍵を手に入れた！』とメッセージウィンドウが表示された。

用具室の鍵はアイテム化させて、メニュー画面に収納しておいた。

「よし、次は用具室を探してみよう」

「なんか私たち、基本的に鍵を探してばっかりだよね……」

「ホラーゲームあるあるだね。新しい鍵を手に入れると、今まで進めなかった場所に進めるようになって、プレイヤーの行動範囲が広がる……う〜ん、わくわくしちゃう！　これこそ探索《たんさく》系ホラーゲームの醍醐味《だいごみ》だよね♪」

「ソウデスネ……」

うきうきとおしゃべりしながら、わたしたちは書庫から廊下に出る。

施錠されているドアに片っ端から鍵を試そうとすると、運のいいことに書庫の隣にある部屋のドアを開けることができた。

「ここが用具室……錆《さび》の臭いがすごいね」

鍵を開けて部屋に入るなり、わたしは思わず手のひらで鼻と口を覆《おお》った。

用具室というだけあって、部屋の中には農具や工具がいくつも放置されている。でも、どれも錆《さ》び付《つ》いてボロボロで、手に取った途端に壊れてしまった。どうやら、アイテムとして手に入れることはできないらしい。

「そうなると……本命はあそこかな」

わたしは部屋の隅にぽつんと置かれているロッカーを見る。

えーちゃんがいぶかしげに目を細めた。

「死体とか入ってたらどうしよう」

「それは怖いね～」

「そら、本気で怖がってるの？　というか、そらが怖いことなんてあるの？」

「わ、わたしだって怖いものはあるよ～っ！」

真剣に主張するわたしにえーちゃんがジトッとした目を向けてくる。

わたしは頬《ほほ》を膨《ふく》らませて反論した。

「わたしってかなり前からホラーゲームをやってるわけなんだけど、始めたばかりのときはもう怖くて絶叫するなんてことはしょっちゅうだったよ」

「そうだったの？」

「でも、ホラーゲームってストーリーが本当によくできてるし、謎解きも多いから頭を使うでしょ？　それに怖がらせるためのギミックとか、不気味なグラフィックの作り込みも感心しちゃうし……そういうところを楽しんでたら、いつの間にかびっくりさせる感じの演出に耐性がついちゃったんだよね」

そのため、花瓶がいきなり倒れるとか、ゾンビが飛び出してくるとかは平気でも、いわゆるジャパニーズホラーというのだろうか……考えれば考えるほど怖くなってくるタイプの作品は未《いま》だに耐性がない。

「……というわけで、わたしにも怖いものは普通にある！」

「ふ～ん」

「えーちゃん、その顔は信じてないな！」

釈然としない気持ちになりながら、わたしはロッカーの戸を開ける。

するとその途端、中から金属質の棒がからんと音を立てて倒れてきた。

「うひっ⁉」

「えーちゃん、死体じゃなかったんだから驚かなくてもいいんだよ？」

「そらは私がなんかのサービスで驚いてると思う⁉」

「えーちゃんは気が利くから～。……で、これなんだろう？」

わたしが金属棒を手に取ると『そらはバールのようなものを装備した』とメッセージウインドウに表示された。

金属棒の長さは五十センチメートルくらい。先端は九十度折れ曲がっていて、さらに先端が小さく二股に分かれている。

「これがテレビのニュースでよく聞くバールのようなもの……」

「あくまで『バールそのもの』とは呼ばないんだね」

わたしは「なんだかなぁ……」という顔をしているえーちゃんに、装備したばかりのバールのようなものを手渡す。

すると、今度は『友人Ａはバールのようなものを装備した』とメッセージウィンドウに表示された。

「えっ⁉　なんで私に装備させるのっ⁉」

「武器が手に入ったってことは戦闘があるかもしれないからね」

「ダメだって！　私、戦えないって！」

「ホラーゲームの主人公ってやたらと強いのが相場だから、普段はよわよわのえーちゃんでもきっと戦えるよ～」

アクション系のホラーゲームでは、主人公が戦うのは定番の展開だ。ショットガンやチェーンソーを振り回して、自分よりも明らかに強そうな怪物を退治することも多い。もしかしたら、わたしたちもこのゲームの中では超人的な強さになっているかも……。

「まあ、超次元テニスのときなんかは確かに強くなれてたけどさ……」

えーちゃんがバールのようなものを素振りしてみる。

見事に腰が引けているため、見た目では強くなったかどうか分からなかった。

「そら、なんか強くなった手応えがないんだけど……」

「やってみなくちゃ分からないよ！　ぬん！」

「本当かなぁ……？」

わたしたちは用具室をあとにして、廊下の突き当たりにある鉄格子まで引き返した。

鉄格子は相変わらず、太い鎖《くさり》でがっちりと封鎖されている。

「もしかしたら、ここでバールのようなものが使えるかも！　えーちゃん、お願い！」

「この鎖だよね？　よ、よぉし……」

えーちゃんがバールのようなものを振り上げる。

(そういえば、地下に来てから聞こえていた足音と金属を引きずるような音が、いつの間にか聞こえなくなってる……)

わたしがふと気になって振り返ると、

「殺……侵入者……は……殺……し………」

なんと身の丈二メートルを超える大男が、すぐ背後で斧《おの》を振り上げていた。

血まみれの顔に血走った目がギラギラと光っている。

えーちゃんはまるで日本刀を振り上げたサムライのように、ものすごい集中力で鉄格子の鎖に狙いを定めていたけど、わたしに遅れてようやく異変に気づいた。

「そら、どうしたの……いぎゃぁあああああっ!?」

振り返ったえーちゃんが、あたりをつんざくような悲鳴をあげる。

そのあまりの強烈な悲鳴に、逆に大男がビクッとしたように見えた。

その一瞬の隙を突くように、えーちゃんがバールのようなものを振り回す。

「ごめんなさい！　ごめんなさい！　ごめんなさい！」

謝りながら振り回したそれが、偶然にも大男の顔面に命中した。

が、大男は全くひるむ様子もなく斧を振り下ろす。

「はぁんっ⁉」

えーちゃんが脳天に一撃を受けて、斧で叩《たた》かれた割には痛くなさそうな悲鳴を上げた。

鉄格子を背にしたまま意識を失い、冷たい床にへにゃりと脱力する。

手に握られていたバールのようなものが、カランと音を立てて床に転がった。

「え、えーちゃん、しっかりしてっ！」

わたしはえーちゃんに駆け寄って、とっさにバールのようなものを拾い上げる。

それから、大男が再び振り下ろしてきた斧を防御しようとしたものの、なんと斧はバールのようなものをするりと通り抜けると、わたしの頭に命中した。

（バールのようなものに当たり判定がないっ⁉）

衝撃とともに、わたしの目の前が真っ暗になっていく。

そして、シャンデリアのときにも見た『ゲームオーバー』の文字が視界に浮かんだ。

『今回もセーブポイントから復活させたよ！』

あん肝《きも》の声が聞こえてきたと同時に視界が元に戻る。

わたしたちは用具室の中まで戻されていた。

「バールのようなもの、全然効かないじゃぁん!!」

えーちゃんが意識を取り戻したと同時に嘆きの雄叫《おたけ》びをあげる。

「戦闘イベントじゃなくて、鬼ごっこイベントだったみたいだね」

わたしは床に落ちているバールのようなものを拾った。

このバールのようなものでは大男にダメージを与えられないし、斧《おの》の攻撃から身を守ろうとしても素通りしてしまう。あくまで、ストーリーを進行させるためのアイテムでしかないようだ。

(ということは、このホラーゲームは主人公が悪霊をばったばったとなぎ倒していくタイプのゲームじゃないってことだよね……)

そうと分かったら、これからは今まで以上に慎重な行動が求められそうだ。

「あの大男さんはやっぱり、例の一家心中を起こした父親……の幽霊《ゆうれい》だよね」

「私たちのことを殺す気満々だったじゃん! あれから逃げ切れるの?」

「本当なら一階まで逃げたいところだけど……ちょっと無理かも」

わたしは悪い予感を覚えながら、えーちゃんと用具室を出る。

さっきとは逆にエントランスへ戻ろうとしてみると、石階段を上りきった先にある鉄扉のドアノブが破壊されていた。

わたしたちはバールのようなもので叩《たた》いたり、てこの原理を使って無理やりこじ開けようとしたりしてみたものの、ドアノブの壊れた鉄扉はびくともしなかった。

えーちゃんが疲れた顔でうなだれる。

「これ完全にあの大男の仕業じゃん⁉」

「うーん、ただ単に走って逃げ回るだけじゃダメみたい。地下一階のどこかに隠れて、大男さんをまかないとダメかも……」

地下一階から逃げ出したいけど、脱出口を先回りで壊されたのだから仕方がない。

わたしたちは石階段を下りて、再び廊下の突き当たりを目指した。

大男の足音と斧を引きずる音は聞こえてこない。

先ほども感じた妙な静寂は、やはり嵐の前の静けさとでも言うべき襲撃フラグだったのだろう。

鉄格子の前に戻ってきたところで、わたしたちは深呼吸する。

「たぶんだけど、鎖《くさり》を壊そうとしなければイベントは起こらないから安心してね」

「そらが常に冷静で頼もしいよ、ハハハ……」

乾いた笑い声を漏《も》らしているえーちゃん。

わたしは「ぬん！」と力一杯にバールのようなものを振り上げる。

その瞬間、先ほどの大男の気配を背中で感じたわたしたちは、左右に飛び退《の》いて大男が振り下ろした斧を回避した。そのまま逃げるように大男の脇をすり抜けて、明かりの乏しい廊下を急いで引き返す。

「ここまではいいけど、ここからどうするのさ⁉」

「さっき隠れられそうなところがあったよ!」

わたしはえーちゃんの手を引いて用具室に入る。

そう……目をつけておいたのは、バールのようなものが入っていたロッカーだ!

「えっ!? こんなところに入るのっ!?」

「ホラーゲームの定番だよ～。ロッカーの力を信じて、えーちゃん!」

「ロッカーの力ってなにーっ!?」

わたしは有無を言わさず、えーちゃんをロッカーの中に引き込む。

二人で入って戸を閉めると、ロッカーの中は想像以上にぎゅうぎゅうだった。

向かい合っていると鼻と鼻がくっつきそうだし、密着しているところから相手の体温まで伝わってくる。全力疾走で熱くなった吐息が肌にくすぐったくて、わたしたちはついつい体をもじもじさせてしまった。

「そ、そら……ここ、狭いんだけど……」

「わたしたち、二人とも細身だからなんとかなると思ったんだけどね……」

「それに……その……近くない?」

ぎゅうぎゅうで苦しいのか、えーちゃんは顔が真っ赤になっている。

「何が?」

「顔が……」

「ガチ恋距離ってやつだね。えーちゃんのこと見つめちゃおう。じーっ……」

「そ、そんなことしてる場合っ⁉」

そんな他愛《たあい》のないやりとりが続いたものの、思ったよりも足が遅いのか、それとも私たちを焦《じ》らしているのか、大男はなかなかやってこなかった。

そのため、わたしたちはロッカーの中で密着したまま、しばらく待たされることになってしまった。

「というか、ロッカーはここ一つしかないのに隠れる意味あるの？　むしろ、あからさまに隠れてる感が出るんじゃない？」

「………」

「視線を逸《そ》らしてごまかすなぁーっ……むぐっ⁉」

足音が聞こえた気がして、わたしはとっさにえーちゃんの口を手で塞《ふさ》いだ。

すると、ロッカーの戸についている細長い隙間から、こちらに近づいてくる大男の姿がうっすらと見えた。

大男は斧《おの》を引きずりながら、用具室の中を乱暴に荒らし始める。そうしてロッカーの前で立ち止まると、隙間からロッカーの中を覗《のぞ》き込《こ》んできた。

「むがっ！　うぐっ……むぐっ！」

血走った目で見つめられて、えーちゃんが暴れ出しそうになる。

（ここはえーちゃんを守らないと！）

わたしは空いている方の手で、えーちゃんの頭をぽんぽんとなでた。

「怖くない……怖くない……わたしがいるから大丈夫……」

赤ちゃんをなだめるようにえーちゃんの耳元でそっとささやく。

すると、恐怖で震えていた彼女の体がリラックスしていくのが分かった。

大男はしばらくロッカーを覗き込んでいたものの、最後まで戸を開けることなく用具室から去って行った。

「た、助かったぁ……」

ロッカーの戸を開けて、えーちゃんが転がり出る。

狭いところで密着していたため、わたしたちは二人揃《そろ》って汗だくになっていた。

わたしは手の甲で額の汗を拭《ぬぐ》う。

「ふぅ……大男さんのAIが優しくて助かったね、えーちゃん」

「AIって、またメタなことを……助かったからいいけどさ。それにそらの母性にも助けられたよ。ありがと……おああっ⁉」

突然、石階段の方からガシャーンと大きな音が聞こえてきた。

「たぶん、大男さんがさっきの鉄扉を壊してくれたんだよ」

「わ、私たちを見つけられなくてストレスたまったのかな？」

ともあれ、これでいつでもエントランスホールに戻れるようになったようだし、安心して探索《たんさく》を続けられる。

わたしたちは三度、廊下の突き当たりにある鉄格子まで戻ってきた。

今度こそ、鉄格子を閉ざしている鎖《くさり》にバールのようなものを叩《たた》きつける。

すると、無事に鎖を壊すことができた代わりとして、バールのようなものは真っ二つに折れてしまった。

『バールのようなものは壊れてしまった』

メッセージが表示されたと同時に、バールのようなものの残骸が消滅する。

それから、鉄格子が耳障りな音を立てながら開いたかと思うと、独りでに鉄格子の奥にあったランプに明かりが灯《とも》った。

それによって、鉄格子の奥は五メートル四方くらいの手狭《てぜま》な倉庫になっていることが判明する。倉庫には木箱が雑然と積まれており、そのうちいくつかはふたが開いていた。

(ここからだと箱の中が見えないな……)

わたしは倉庫に一歩踏み込もうとする。

その瞬間、目の前に首のちぎれたフランス人形が落ちてきた。

「きゃあっ！」

わたしは思わずびっくりして跳び退《との》いてしまう。

倉庫の天井を見上げても、フランス人形を置けるような棚もなければ、ひもか何かで吊《つ》り下《さ》げておけるようなフックもない。何もない空間からいきなり現れて、わたしの目の前に落ちてきたとしか思えない状況だった。

驚いているわたしを目の当たりにして、えーちゃんがなぜかニヤリとする。

「そらが珍しく驚いてる！　ここ、絶対に動画で使おう！」

「わ、わたしだって驚くことは普通にあるよ～っ！」

「このままだと、私の悲鳴ばっかり収録されることになっちゃうから、そらの珍しい悲鳴を撮れたのはラッキーだったな～。それに罠《わな》にも引っかかってくれたし、これで安心してこの部屋は調べられるよ」

満足そうに頬《ほほ》を緩《ゆる》ませながら、えーちゃんも倉庫に足を踏み入れる。

そうして、ふたの開いている木箱の中を覗《のぞ》き込《こ》んだ瞬間――

「……ふひぃいいいっ⁉」

何かとんでもないものを見つけたのか、えーちゃんが悲鳴を上げながらのけぞった。

「そら！　木箱！　木箱の中！」

「木箱の中……お、おおぅ……」

言われるがままに木箱の中を覗いた瞬間、背筋がぞくっと震える。

木箱の中には人間の骨が無造作に収められていた。

頭蓋骨《ずがいこつ》は一つだけなので、もしかしたら一人分の骨なのかもしれない。

ふたが開いている他の木箱も恐る恐る覗いてみると、それらにも同じように一人分の人骨が、子供がおもちゃを片付けたかのように乱雑に入れられていた。

（まさか、他の木箱にも全部……）

恐ろしい想像が脳裏をよぎる。

ふたの閉じている木箱も念のために調べてみたけど、そちらはしっかりと釘《くぎ》が打たれていた。正直なところ、中身を調べることができなくてむしろホッとする。

首のちぎれたフランス人形、人骨の収められた木箱、何かを訴えようとしている少女の幽霊《ゆうれい》、一家心中を起こした父親……謎は深まるばかりだ。

「そら！　あの中、何か光ってない？」

えーちゃんがふたの開いている木箱の一つを指さす。

改めて調べてみると、木箱の中にある頭蓋骨《ずがいこつ》の目のくぼみで、小さな何かがランプの明かりを反射して微《かす》かに光っていた。

「よ、よりにもよってそんなところに……」

気が進まないものの、調べないことには話が進まない。

ひやひやしながら拾ってみると、光っていたものが本日三つ目の鍵だと分かった。

『屋根裏部屋の鍵を手に入れた』

メッセージウィンドウが表示されて、鍵がアイテム化して収納される。

「屋根裏部屋……そんなところあったっけ？」

わたしたちは疑問に思いながらも、そそくさと人骨だらけの倉庫を出る。

えーちゃんも不思議そうに首をかしげていた。

「屋根裏部屋って言われても、見当もつかないなー」

「うーん……入る前に館《やかた》の外観を見た感じだと、エントランスの屋根裏が怪しいかも。それからメタ的な推理になっちゃうんだけど、館の中心にあたるエントランスに地下と屋根裏の入口が両方ともあったら、ちょうど移動に便利そうで、ゲームのプレイヤーに親切な感じがしない？」

「あー、ありそう」

わたしたちが廊下を引き返してエントランスに向かうと、想像していた通り、石階段とエントランスをつないでいた鉄扉は真っ二つに破壊されていた。

（そうなると大男さんは一階のどこかに……）

わたしたちは注意しながら、エントランスを改めて調べる。

そうして発見できたのが、やけに太い柱の中程にぽつんと存在する鍵穴だった。鍵を挿して回してみると柱の木目がズレて、そのズレた木目に沿って小さな隠し戸が開き、その中にレバーが隠されているのを発見できた。

「……よし、引っ張ってみるね」

「そら、慎重にね」

わたしは隠されていたレバーを引っ張る。

瞬間、頭上でばたんと音がしたかと思うと、天井に隠されていた扉が開き、そこから金属製のハシゴが滑り降りてきた。どうやら、このハシゴをのぼることで天井の扉から屋根裏部屋に行けるらしい。

えーちゃんが不思議そうな顔で、屋根裏部屋に通じている穴を見上げた。

「この館《やかた》の主はなにを考えて、こんな忍者屋敷みたいな仕掛けにしたんだか……」

「屋根裏の入口が簡単に見つかっちゃったら、謎解きにならないさぁ〜」

「私たちはどれだけゲームの仕様に振り回されたらいいんだろう」

「それも楽しみの一つだよ。さあ、屋根裏部屋に行ってみよう！」

わたしたちは慎重にハシゴをのぼる。

天井裏に顔を出してみると、そこは予想通り屋根裏部屋になっていた。

はめ殺しの小窓から明かりが差し込み、ほこりまみれの床板が一部照らされている。手作り感あふれるいびつな机や戸棚が並んでおり、布団として使っていたとおぼしきぼろ布が部屋の隅に落ちていた。

「いかにも重要な情報が隠されてそうだね」

「そろそろ終わりになってくれるといいなぁ……」

すでにぐったりと疲れているえーちゃん。

わたしは彼女を元気づけようと背中をぽんぽんする。

「頑張って大男さんを退治する方法を探そう。その方法さえ分かったら、エンディングまではすぐのはずだから！」

わたしたちは気を取り直して、屋根裏部屋をくまなく調べ始める。

すると戸棚の引き出しから、いかにも重要そうな一枚の白黒写真が出てきた。

「これは……家族の写真なのかな？」

わたしとえーちゃんは白黒写真を食い入るように見つめた。

そこに映っていたのは、大柄な男性と十歳前後とおぼしき少年だ。

二人とも朗らかに笑っていて、幸せそうな雰囲気が伝わってきた。

そんな写真を目にして、えーちゃんが首をかしげる。

「あれ？　新聞記事には男の子の話なんて出てなかったよね？」

「一人娘が殺されたって話は書いてあったけど、息子さんがいたような話は書いてなかったなぁ……それなら、この写真は一体なんなんだろう？」

わたしたちが二人して頭を悩ませているときだった。

「こ……殺……こ……ここここ……」

背後から、聞き覚えのあるおぞましい声が聞こえてきた。

すぐさま振り返ると、血走った目の大男が斧《おの》を振り上げていた。

（ハシゴをのぼる音なんて聞こえなかった……でも、幽霊《ゆうれい》なんだから館の好きなところにワープすることくらい簡単だよね？　それにしても、手がかりを入手して気が緩《ゆる》んだところを狙ってくるなんて、素晴らしい怖がらせタイミング！）

わたしが一瞬のうちにあれこれ感心していると、

「うぎゃあああああああっ!?」

えーちゃんが叫び声を上げながら、跳《と》び上がらんばかりにのけぞった。

絶叫した彼女の手から、ひらひらと白黒写真が落ちる。

(これはまたゲームオーバーに――)
わたしがやり直しを覚悟した瞬間だった。
大男の手から斧《おの》がこぼれ落ち、ドスンと音を立てて床に突き刺さった。
「こ……殺……殺……し……たく……ない……」
わたしとえーちゃんは驚きのあまり顔を見合わせた。
(殺したくない？　もしかして、今までもずっとそう言っていたの？)
大男がほこりまみれの床に落ちた白黒写真を拾い上げる。
先ほどとは打って変わって、もの悲しげな目をして白黒写真を見つめた。
「帰り……たい……」
大男の目から血の混じった涙が流れ落ちる。
「本当の……家に……息子の……下《もと》に……」
寂しげで弱々しい大男のかすれた声。
(もしかしたら、話し合うことができるかも！)
わたしの胸に微《かす》かな希望がわいてきたときだった。
突然、大男の口から吐血したかのようにどす黒い液体があふれ出した。
わたしたちは予想だにしない事態に言葉を失う。
大男は何者かに背後から刺されたのか、その胸からは刃物の先端が突き出していた。
どす黒い液体に濡《ぬ》れた刃物が、ずるりと生々しい音を立てて引き抜かれる。

直後、大男がぐらりと膝《ひざ》をついたかと思うと、その背後に隠れていた刃物の持ち主の姿が露《あら》わになった。

「いらない……」

背筋の凍るような冷たい声。

大男を背後から刃物で刺した犯人……それは西棟を探索《たんさく》していたときに遭遇《そうぐう》した少女の幽霊《ゆうれい》だった。

「な、なにっ⁉ なにが起こってるの……ひぃっ‼」

少女の幽霊の手に握られている包丁を目の当たりにして、この事態に困惑していたえーちゃんの顔が青ざめる。

包丁を抜いたときに飛沫《しぶき》が飛んだのか、少女の幽霊が着ている服はおろか、彼女の顔にまでどす黒い液体がべったりと付着していた。

大男は力なく前のめりに倒れる。

どす黒い液体を両の眼《まなこ》からも流し、苦悶《くもん》の表情を浮かべながら、その体は霧がかき消えるかのように一瞬で消滅してしまった。あとに残ったのはどす黒い液体が床に作った生々しいシミだけだ。

少女の幽霊の白目まで真っ黒になった目からも、まるでヘドロがあふれ出すかの如《ごと》く、どす黒い液体がぶわりとこぼれ落ちる。

「言うことを聞かない……偽物のお父様なんかいらない……」

少女の幽霊《ゆうれい》が無慈悲にも白黒写真を踏みつけた。

白黒写真は無残にもくしゃくしゃにされてしまう。

あっけにとられていたわたしは、ハッとして両手で口を覆《おお》った。

「もしかして……黒幕は女の子の方!?」

「この状況はどう見てもそうじゃん、そら!!」

「あー、そっちだったかー」

わたしの頭の中で断片的な情報が、パズルのように急速に組み上がり始める。

「言うことを聞かない……ってことは、この子が大男さんに命令して、わたしたちを襲わせてたってことだよね。大男さんは本当の家族のところに帰りたがっていて、たぶんあの白黒写真に写っていたのが大男さんの息子さんかな」

「そら、冷静に考察している場合!?」

「そう考えると、大男さんは無理やり連れてこられて、女の子に命令されて父親の役を演じていた……とか？　それなら、この館《やかた》で起こった無理心中は、生前の大男さんが女の子に命じられて仕方なくやったことなのか、それとも女の子の呪縛《じゅばく》から逃れるために自分の意思で起こしたのか――」

「だから、危ないってっ！」

突然えーちゃんに手を引かれて、わたしは思わず横に倒れる。

そのおかげで、少女の幽霊が包丁を構えて突進してきたのを回避できた。

「あ、ありがとう、えーちゃんっ！」

「逃げよう！　とにかく逃げよう！」

少女の幽霊の脇をすり抜けて、わたしたちは大慌てでハシゴを下りる。

エントランスに戻ったところで、館全体が激しく揺れ始めた。

まともに立っていられず、わたしたちは頭を抱えてしゃがみ込む。

すさまじい揺れに耐えかねて、天井や壁が崩落し始めると、狙い澄ましたように瓦礫《がれき》がエントランスの出入り口を塞《ふさ》いでしまった。

さらには燭台《しょくだい》の火がそこら中に燃え移り、明らかに不自然な勢いで燃え上がると、あっという間に炎と煙が視界を塞いできた。

「げほっげほっ……あっ、別に煙たくはなかった」

わたしは手でぱたぱたと立ちこめる煙を払った。

ちなみに炎も熱そうに見えるけど、あくまでリアルなバーチャル映像だ。

「それにしても、このやけにスピーディーに退路を塞いでくる展開……これはクライマックスに突入したっぽいね。いかにも『燃えさかる洋館から脱出しましょう』って雰囲気だけど、まだ幽霊を退治する方法も見つかってないのに逃げて大丈夫かな？」

「この際だから、私は脱出できるならなんでもいいよ……」

「うーん、もしかしたら真エンディングのフラグを取り逃した可能性も――」

「ちょっ……来てる！　そら、幽霊が来てるーっ！」

肩をバシバシと叩《たた》かれて、わたしはえーちゃんの方に振り返る。

いつの間に下りてきたのか、少女の幽霊《ゆうれい》はハシゴの前に立っていた。

彼女は目からどす黒い液体を流しながら、包丁を構えてこちらに迫ってくる。

しかも、動きは早歩きなのに全力疾走しているようなスピードだ。

「行こう、えーちゃん！」

わたしたちは崩れゆく洋館の中を走り出した。

しかし、正面の出入り口は封鎖されてしまった上に、館《やかた》全体が揺れるたびに新たな瓦礫《がれき》が降《ふ》り注《そそ》いでくる。相次ぐ行き止まりと遠回りの連続で、わたしたちがいくら逃げても少女の幽霊はすぐ背後まで迫ってきた。

（こ、これは何度も失敗しながら、正解ルートを覚えなくちゃいけない予感！）

そんな風にわたしが先行きを不安に思っていると、今度は視界の端々《はしばし》に血みどろの死体が映り始める。チラッと見えてはすぐに消えるため、おそらくはプレイヤーをびっくりさせるためのサブリミナル映像なのだろう。

ちょっとびっくりさせられる以外に、特に害はなさそうだったけど――

「ごめんなさい！　ごめんなさい！　もう悪いことしません！」

血みどろ死体の幻覚を見せられて、えーちゃんが床にしゃがみ込んでしまった。

（さ、早速よわよわになってるーっ!?）

わたしはグロッキー状態のえーちゃんを力任せに揺さぶった。

「えーちゃん、幻覚は悪さしないから！　見た目がすごいだけだから！」

「見た目が怖いだけで十分にいやだからぁっ！」

「怖くないよ～。血みどろなだけだよ～……あっ」

ドスン、と脇腹に衝撃。

わたしが気づいたときには、すでに包丁が脇腹に突き刺さっていた。

目の前が真っ暗になって『ゲームオーバー』の文字が浮かび上がってくる。

わたしたちは本日三度目のやり直しをすることになった。


……と思ったら、その後のやり直しは三回では済まなかった。

館からの脱出イベントが、それはもう難しいのなんの！

次々と降り注いでくる瓦礫に道を塞《ふさ》がれる……のはどうにか対処できたけど、問題なのは血まみれ死体のサブリミナル映像の方だった。

視界の端々に血まみれの死体がこんにちはするたび、えーちゃんがどうしても怖がって動けなくなってしまうのだ。

そうして、両手では数え切れないくらいのゲームオーバーを繰り返した結果――

「ふふふ……ふふふふ……」

えーちゃんはエントランスの片隅で、ふさぎ込むようになってしまった。

燃えている館《やかた》そっちのけで座り込み、すすけた絨毯《じゅうたん》を指でいじいじしている。

体育座りしている背中が、いつになく小さく見えた。

「私もね……ゲームのキャラを操作するのはなんとかなるんだけどね……自分の足で逃げなくちゃいけないとね……足がすくんじゃってね……ふふふ……これはアレかな？　お蔵入りなのかな？」

「え、えーちゃんのメンタルが大変なことになってる……」

わたしたちがハシゴを下りた地点から動いていないため、少女の幽霊《ゆうれい》も（ゲームの仕様の都合により）動くに動けないらしく、屋根裏に通じているハシゴ用の扉からこちらをただ見下ろしていた。

恐ろしいはずの表情も、今はこちらを心配しているように見える。

長々とスタンバってもらっていて、なんだか申し訳ない気持ちだ。

『どうする？　ギブアップする？』

あん肝《きも》の心配そうな声がどこからともなく聞こえてくる。

『それはそれで、ボクはおいしい展開だと思うよ』

「わ、わたしも流石《さすが》にえーちゃんの心と体が心配だよ……本当に辛《つら》かったら、ギブアップしても大丈夫だからね？」

わたしはえーちゃんの隣に座って背中をさすさすした。

（汗でシャツがじっとりしてる!?　こ、これは相当お疲れだなぁ……）

えーちゃんはどんよりしつつも、やけに力強く首を横に振った。

「こ、このままだとお蔵入りにならなかったとしても、動画のサムネイルが『よわよわのえーちゃん大絶叫！』とかになってしまううう……」

「そ、それは今から活躍してもどうにもならないような……？」

さて、これは本当にどうしたものか。

わたしだけで洋館から脱出する、という手もなくはない。

でも、せっかく二人でここまで頑張ってきた。

それに何よりも……えーちゃん自身の心が折れていない。

（でも、本当にどうやって攻略したら――）

わたしがホラーゲームの経験と知識を総動員させて、攻略法を考えていると、

『そら……そら……聞こえてる？』

あん肝のささやく声が耳元から聞こえてきた。

『今はそらだけに聞こえるようにしているよ』

「あ、あん肝⁉　そんなことできるんだ！　テレパシーみたいだね」

わたしは小声でこっそり返事する。

『お助けアイテムを送ったよ。アイテムを確かめてみて』

「ありがとう、あん肝！」

わたしはメニュー画面を開き、それからアイテムの項目を調べる。

そこには『紐《ひも》付きの五円玉』という謎のアイテムが追加されていた。

「こ、これはっ⁉」

アイテム名を目の当たりにした瞬間、わたしにはピンときた。

これなら確かに状況を打開できるかもしれない。

（ぶっつけ本番でやるしかないけど……）

わたしはメニュー画面から、紐付きの五円玉を選んで実体化させる。

「えーちゃん、こっち見て！」

「えっ、なにっ⁉」

ちょっとびっくりしつつも、顔を上げてくれるえーちゃん。

わたしは彼女の目の前で、紐付きの五円玉を揺らし始めた。

「あなたはホラーゲームが怖くなくな～る～」

えーちゃんには隠れた特性がある。

これは以前、とあるコラボ企画に参加したときに判明したことだけど、えーちゃんはものすごく催眠術にかかりやすいのだ。

コラボ生放送で行われた催眠術のコーナーで、わたしを含む参加者たちは催眠術をかけてもらうことになったんだけど……これがなかなか効果が出ない！　どうやら、催眠術にかかりにくい体質の人ばかり集まってしまったらしかった。

そんな中にあって、えーちゃんだけは驚くほど簡単に催眠術にかかってくれた。そのおかげもあって、催眠術のコーナーは大成功したというわけだ。

（あのときはプロの人が催眠術をかけてくれたけど、今はわたしがやらなくちゃ！　やり方とかコツとか、全然分からないけど……）

そんな風に不安に思いながらも、紐付き五円玉をぷらぷらさせていると――

「わらひは……ほらーげーむが……こわくなひ……」

えーちゃんの目が早々にとろ～んとしてきた。

さっきまで絶叫していたとは思えないリラックスぶり。

（かかるのが早い！　でも、これってちゃんと催眠状態になってるのかな？）

わたしはえーちゃんの目の前で手を振ってみる。

しかし、思わず心配になるほど無反応だ。

（とりあえず大丈夫そうだけど……きちんと催眠術にかかってるかどうか、しっかり確かめた方がいいよね？　そのためには、えーちゃんが普段やらないようなことをしてもらう方がいいから……）

わたしはえーちゃんに目を合わせて言った。

「えーちゃん、ハピハピにゃんにゃんをやって！」

改めて説明しよう!!

ハピハピにゃんにゃんとは『休むな！８分音符ちゃん♪』というゲームを遊んだ動画で生まれた罰ゲームである！

そらとものみんなから可愛《かわい》いとの大好評を受けて、それからことあるごとにやることになった因縁のネタ（？）だ。

わたしはえーちゃんにもやってほしいんだけど、いつも断られてしまっている。

そもそも、裏方であるえーちゃんが頼まれてもやってくれるはずはなく――

「ハピハピにゃんにゃん、にゃんこの日～♪」

わたしの目に飛び込んできたのは、両手で猫の耳の形を作って、満面の笑みでぴょんぴょんと跳《は》ねているえーちゃんの姿だった。

（や、やってくれてる～っ⁉）

ホラーゲームの本筋とは関係ないけど、これは俄然《がぜん》盛り上がってきた。

「ハピハピにゃんにゃん、猫ちゃんだよ～♪　にゃんっ♪」

「あぁ、えーちゃんが可愛すぎる……このまま眺めていたい……」

このハピハピにゃんにゃんのシーンだけ動画を切り抜きたいレベルだ。

『そら！　うっとりしてる場合じゃないよ！』

「そ、そうだったね！」

わたしはあん肝《きも》の一声でハッと正気に戻る。

それから、ハピハピにゃんにゃんを踊るえーちゃんに向かって言った。

「えーちゃん、洋館から脱出して！」

「……任せて、そら！」

えーちゃんの目が、眼鏡越しにキラリと光る。

その直後、彼女はわたしの手を握るなり、迷わず走り出した。

わたしたちが走り出したのに反応して、ようやく少女の幽霊《ゆうれい》がエントランスに下りてくる。彼女は包丁を構えて追いかけてきたものの、わたしたちとの距離はどんどん開いていき、あっという間に炎と煙の向こうに姿を消してしまった。

「えーちゃん、すごい！　もう引き離しちゃったよ！」

わたしはえーちゃんにエスコートされるがままに走り続ける。

落ちてくる瓦礫《がれき》を次々と避《よ》ける動きは、さながら未来が見えているかのようだ。

視界の端々《はしばし》に映り込んでくる血まみれ死体には見向きもしない。

そうして走り続けていると、あっけないほど簡単に、壁に空いた穴から館《やかた》の外に脱出することができた。正解ルートを見つけ出して、障害物に引っかかることがなければ、ゴールまでは意外なほど近かったらしい。

「た、助かったぁ！」

わたしたちが外に飛び出した途端に、館全体が音を立てて崩れ始める。

洋館の崩壊に巻き込まれたのか、少女の幽霊はついに姿を現さなかった。

そうして、完全に崩壊した洋館を背にスタッフロールが流れ始める。

「おおーっ！　えーちゃん、わたしたちクリアしたよーっ！」

わたしは空中に浮かんでいる制作者さんたちの名前を指さすけど、未《いま》だに催眠状態のままのえーちゃんはぽわぽわとした顔で立ち尽くしていた。

「そ、そうだ！　催眠を解かないと！」

わたしはえーちゃんの目の前で手を叩《たた》いた。

「今からあなたの催眠を解きます……はいっ！」

「うわっ……あ、あれ？　ここは……？」

手を叩く音を合図にして、えーちゃんが我に返る。

わたしはそれを見て、ホッと胸を撫《な》で下《お》ろした。

（よかったぁ……ちゃんと元通りになって！　でも、とりあえず今は催眠術をかけたことがバレないようにしないとね。わたしにはハピハピにゃんにゃんをやらせるのに、えーちゃんって自分では絶対にやりたがらないもん！）

一安心したのもつかの間、わたしは誤魔化《ごまか》そうと慌ててまくし立てた。

「えーちゃん！　わたしたち、無事に洋館から脱出できたんだよ！」

「え、そうなの!?　なんか、途中の記憶が全然ないんだけど……」

「本当にすごかったなー。えーちゃんってば、わたしを優しくリードしてくれて！」

「そ、そう？」

えーちゃんが気恥ずかしそうに頬《ほほ》を赤くする。

「まあ、私もホラーゲームにはそこそこ慣れてきたからね。途中から無我夢中で、無意識というかなんというか……そうそう、無我の境地ってやつかなー」

どうやら、ハピハピにゃんにゃんのことも覚えていないらしい。

(よし、これでえーちゃんにバレるのは先延ばしにできる!)

わたしが密《ひそ》かにガッツポーズをしていると、

『クリアおめでとう！　二人ともお疲れさま～』

あん肝《きも》の声がどこからともなく聞こえてきた。

わたしはいつの間にやら晴れた空を見上げる。

「あん肝もサポートありがとう。本当に助かったよ！」

『どういたしまして。それじゃあ、二人にはスタジオに戻ってもらうね』

あん肝がそう言うと、わたしたちは崩壊した洋館からいつものスタジオに移動した。

大冒険した場所がボタン一つでパッと消えてしまうのには、いつでもまた気軽にプレイできるとはいえ、えも言われぬ寂しさを感じた。

「ふぅ……やっと戻ってこられた」

えーちゃんが大きなため息をつき、脱力してわたしの肩に寄りかかってきた。

わたしは彼女の頭をなでなでしてねぎらう。

「えーちゃん、本当に頑張ったね。えらいえらい♪」

「はぁー、疲れが溶けていくよ……」

あん肝が椅子《いす》の上に立って、パソコンと機材の山から顔を出した。

『それじゃあ、最後に二人の感想を聞こうかな。まずはえーちゃんから！』

退散
悪霊

「あっ……私からっ⁉」

　えーちゃんがしゃんと背筋を伸ばす。

「ええと……初めてのＶＲホラーゲームということで、絶叫したり暴走したりもしちゃったんですが、なんとかクリアすることができてホッとしています。ゲームは本当に……本っ当に怖かったです！」

『せ、切実さが伝わってくるね……それじゃあ、そらの感想も教えて！』

「は〜い♪」

　わたしはニコニコとしてカメラに向き直った。

「ＶＲホラーゲームはわたしにとっても初めての体験だったんですけど……もう本当に楽しかったです！　自分自身がホラーゲームの主人公になって洋館を探検するって新鮮だし、謎解きにかくれんぼに追いかけっこに……と定番のイベントをたっぷり楽しませていただきました！」

『ありがとう、そら。それじゃあ――』

「あ、でも、気になることがたくさんあってね、そもそも女の子の幽霊《ゆうれい》をちゃんと成仏させてあげられてないの！　洋館の東側も探索《たんさく》できてないし、たぶん重要な情報かアイテムを取り損ねてると思うんだよね。さっきのスタッフロールが流れるだけの演出も、いかにも謎を解き切れてないノーマルエンディングっぽいし……」

『そら？　そら、聞いてる？』

「屋根裏部屋に入る直前のセーブデータも残してあるし、そこからやり直せば脱出イベントに突入しちゃうのを防げるはずだから……よし、えーちゃん！　あん肝《きも》！　今から真エンディングを目指して、もう一回ホラーゲームの世界に行こう！」

「そら……」

えーちゃんがいきなり、わたしの両肩をガッとつかんだ。

しかも、手のあとが残りそうなレベルの握力。

意気揚々としていたわたしは、一瞬にして現実に引き戻された。

「え、えーちゃん？　これから、もう一度ホラーゲームを――」

「や　ら　な　い　よ　っ　!!」

こうして本日の断固とした意思表明がスタジオ全体に響き渡る。このあと、催眠状態のえーちゃんにハピハピにゃんにゃんをやらせたことがバレてしまって、わたしはえーちゃんをカンカンにさせてしまうのだけど……それはまた別のお話だ。

×

「ううう……ひっ!?　おおお……くっ！　むむむ……はぁ～」

スタジオからバラエティあふれるうめき声が聞こえてくる。

ホラーゲームの動画収録は終わっても、えーちゃんの役割はそこで終わらない。

動画編集という根気のいる作業が待っている。

ながーい動画から面白いシーンや重要なシーンを選び出したり、わたしたちの会話が分かりやすいように字幕を入れたり、動画を盛り上げるために効果音を入れたり……これがなかなか難しい作業だ。それをいつもやってくれているえーちゃんには、わたしはいくら感謝しても足りないくらいである。

「えーちゃん、いつもありがとう」

歌の自主練をしながらえーちゃんの作業を見守っていたわたしは、パソコンの前でうんうん唸《うな》っている彼女の背中をそっと抱きしめた。

その瞬間、えーちゃんが振り返るなりジトッとした目を向けてくる。

わたしは思わずひるみ、彼女の背中からサッと離れた。

「ど、どうしたの、えーちゃん？」

「どうして動画の編集をしながらうめいてるんだろう……って思ってるんでしょ？」

「お、思ってないよ～？」

「思ってる！　その目は絶対に思ってる！」

えーちゃんがジトーッとした目でこっちを見てくる。

「ホラーゲームは遊ぶときも怖いけど、動画編集してるときも怖いんだからね！」

「う、うん……」

あまりの迫力にのけぞるわたし。

えーちゃんの訴えはそれだけに止まらなかった。

「それにさぁ……動画を見返していて気づいたんだけど、私が悲鳴を上げるとそらってやたら嬉《うれ》しそうだよね。なんかSっ気があるというかさぁ……」

「えっ……Sじゃないよ！　そ、そういうのはよくないんだぁ〜っ！」

わたしは大まじめに反論する。

「べ、別にえーちゃんの苦しんでる姿を楽しんでるわけじゃないんだからね！」

「ふーん……」

「えーちゃんがホラーゲームを全力で楽しんでくれていることが嬉しいの！　びっくりしたり怖がったりして、本気の悲鳴が出るってことは、ホラーゲームの仕掛けをちゃんと味わえてるってことだもん。それはゲーム製作者さんの努力が実った証《あかし》でもあるし、わたしはそういうことが嬉しくなっちゃうんだよ！　ぬん！」

わたしの力説が通じたのか否《いな》か。

えーちゃんがクスッと微笑《ほほえ》み、肩から力を抜いて椅子《いす》の背もたれに寄りかかる。

「ほんと……そらは心の底からホラーゲームは好きなんだね」

「好き！　大好き！」

わたしは前のめりになってうなずいた。

「そうじゃなかったら、えーちゃんと一緒にホラーゲームを遊びたいなんて思わないよ。

わたしはえーちゃんにも、そらとものみんなにも、お友達のVTuberさんたちにも
……大好きなホラーゲームの魅力を感じてほしいの！」

「まーた目をキラキラさせちゃって……」

先ほどまでとは打って変わって、えーちゃんが嬉しそうに呟《つぶや》いた。

「結局のところ、私としてはそらが楽しんでくれるのが一番なんだよね。そんなそらの姿をみんなにも見てほしいからこそ、私もお手伝いしているわけで……だから、この動画編集もちゃんと頑張るよ」

えーちゃんの真《ま》っ直《す》ぐな言葉と大人びた眼差しから、彼女の応援する気持ちが伝わってきて、わたしは思わず胸が熱くなってきた。

自分が好きでやっていることを大好きな親友が応援してくれる。

これ以上に嬉しいことってないんじゃないか、とわたしは真剣にそう思った。

「ありがとう、えーちゃん」

「どういたしまして、そら」

「わたし、ホラーゲームをもっともっと全力で楽しむね！」

「うん……う、うん？」

わたしの胸の奥からホラーゲーム愛が止めどなくあふれ出てくる。

「みんなに紹介したり、一緒に遊んだりしたいホラーゲームがたくさんあるの！　幽霊《ゆうれい》の写真を撮るやつとか、はさみを持った殺人鬼に追いかけられるやつとか、ジャーナリスト

が病院に潜入するやつとか、孤児院で貴族ごっこするやつとか、他にも他にも——」

「うん、分かった！　分かったから、そんな力説しながら迫ってこないで！」

のけぞりすぎて椅子《いす》から落ちそうになっているえーちゃん。

わたしはあふれる愛が収まらず、しばらく熱心に語り続けた。

あなたの心は…

「くもりのち晴れ！」

ライトノベル出張版

ホロライブ編

魔界学校所属の和装鬼娘。
いたずら好きで、よく鬼火を
飛ばして他人をからかって遊んでいる。
こう見えて実は生徒会長。

Twitter▶ @nakiriayame

YouTube チャンネル▶

そらともネーム：百鬼あやめ

以前幽世に住んでいた者からの質問なのですが、現世に来たはいいものの未だ人間様をうっかりしていると食べてしまいそうになります。どうしたらよいでしょうか？

Answer

お友達を食べちゃいそうになるの!?　食べちゃいたくなるくらいかわいい…ってことなのかな？　でも仲良くなってもお友達を食べちゃったら悲しいから…そうだ!あやめちゃんもお友達の悲鳴をいっぱい食べるようにして、お腹いっぱいにするといいんじゃないかな。かわいいお友達にホラーゲームをしてもらって、その悲鳴を聞いてるとなんだかお肌がツヤツヤになる気がするの。あ、あやめちゃんがゲームする側でも、わたしはもちろんいいんだよ～?

あなたの心は…

「くもりのち晴れ！」

ライトノベル出張版

ホロライブ編

魔界学校の保健医。校内の男女からの人気は高く、特に男子からの診察依頼が絶えないという。お菓子が好きで、机の上にお菓子の袋が散乱しているのが目撃されては怒られている。

Twitter▶ @yuzukichococh

YouTubeチャンネル▶

そらともネーム：癒月ちょこ

チョコのように甘くとろける癒しのひとときをあなたに。悪魔のバーチャル保健医癒月ちょこです！

今回ご相談があって……実は最近ホロライブメンバーに、「ちょこ先生だけだよ」と言われたのによく浮気されるのですが、2番目の女ではなく1番になるにはどうしたらいいのでしょうか？　是非そら先輩にアドバイス頂きたいですわ。

Answer

浮気…!?　ホロライブの後輩のみんなが、いつの間にそんな修羅場になってたなんて…！　1番とか2番とかってわたしにはちょっとよくわからないけど、そもそも誰かに好かれたい!って思って相手を好きになるわけじゃないでしょ？　だからきっと自分が好きだなって思う相手には、素直に「好きだよ」って伝えてれば、相手からも自然と好きになってもらえるんじゃ…ってなんか横でえーちゃんが不満そうな顔してる！　なんで～、待ってよー!?　あっ、ちょこ先生そういうことなので～!!

あなたの心は…

「くもりのち晴れ！」

ライトノベル出張版

ホロライブ編

総合格闘技部とe-sports部のマネージャーをしている。
男勝りな性格で、誰とも分け隔てなく接する、明るく元気で活発な子。
ゲームは絶賛練習中。

Twitter▶ @oozorasubaru

YouTubeチャンネル▶

そらともネーム：大空スバル

ちわッス！　大空スバルッス！
スバルはアイドルになりたいんスけど、気がついたらわさびシュークリームを食べてたり、ドナルドダックって言われたりします。
どうすればそら先輩みたいなキラキラアイドルになれますか？？

Answer

気がついたら…!?　無意識に…ってことだから、わさびシュークリームやドナルドダックは仕方ないかもしれないね…。でも女の子はみんなかわいいし、アイドルなんだって思った瞬間からみんな誰かのアイドル!

　スバルちゃんはホロライブのムードメーカーのアイドルとして、とってもキラキラしてるから心配しなくて大丈夫。このお便りを読んでるみんなも、スバルちゃんをアイドルとして応援してあげてねっ!

あなたの心は…

「くもりのち晴れ！」

ライトノベル出張版

ホロライブ編

どこからともなく現れた
黒髪のケモミミ少女。
神社によく出没するらしい。
ゲームが大好き。

Twitter▶ @ookamimio

YouTube チャンネル▶

そらともネーム：大神ミオ

そらせんぱいに相談したいことがあります！　うちはいつもお母さんにお弁当をつくってもらっているのですが、いつも「ちくわ弁当」です。白いごはんに磯辺揚げがのっていてとってもおいしいです。

でもたまには違うおかずのお弁当が食べたいです。

なんて言えばお母さんを傷つけずに「ちくわ弁当」を脱出できるのでしょうか？

Answer

ちくわ弁当おいしそう～！　ミオちゃんのお母さんは、きっと優しいお母さんなんだね。そうだなぁ、お母さんを素直に褒めてみる作戦はどうかな？「お母さんのちくわ弁当はとってもおいしいから、なにを作ってもおいしいと思う！　だからほかのも食べてみたいな～」って伝えたら、きっとお母さんも悪い気分にはならないと思うよ！　わたしもいつかいいお母さんになれるように…今から料理の練習しなくちゃ…。

【5】これまでのそら、これからのそら

年明けからしばらく経《た》ち、一月も半ばを過ぎた日のこと。

わたしとえーちゃんとあん肝《きも》はスタジオの大掃除をしていた。

運営さんの協力によりデビュー当時から使わせてもらってきた結果、スタジオには動画の収録や生放送で使った小道具や機材に加えて、わたしとえーちゃんの持ち込んだ私物やらなんやらがあふれかえっている。

このままではパソコンの周りはおろか、スタジオの収録スペースまで圧迫しかねないということで、わたしたちは年末ならぬ新年の大掃除に踏み切った。

「そら、サボってないで手伝って！」

いきなり声をかけられて、わたしは背筋をビクッとさせる。

えーちゃんは頭に三角巾をかぶり、エプロンを身につけている気合いの入れ様だ。

これではたきでも持ったら、完全に掃除中のお母さんにしか見えない。

「さ、サボってなんかないよ～？　もうちょっと温まってから始めようかなって……」

今日はこの冬一番の冷え込みらしく、昨晩から降り始めた雪がスタジオに来るまでの間も降りっぱなしだった。

スタジオに到着して大掃除を始めても、物を運び出すためにドアを何回も開け閉めして

いるから部屋がなかなか暖まらない。そのため、わたしはコートを脱いですらいないという始末だった。

「ふーん……へえ……」

えーちゃんが寒波の如《ごと》く冷たい視線をわたしに向けてくる。

「それなら、どうしてパソコンの前に座ってるわけ？」

「た、たまった写真の整理をしてるんだよ、ははは……」

パソコンに保存された写真を眺めていたので嘘《うそ》はついていない。

といっても、このフォルダに入っている写真はどれも大切だから、削除するつもりなんてないけどね！

「もー、あん肝《きも》だって頑張ってくれてるんだから！」

『ボ、ボクのことは気にしないでいいよ……』

床に埋まりそうになりながらも、あん肝は段ボールを運んでくれていた。

あんなに柔らかそうで小さな体なのに意外と力持ちらしい。

ありがとう、あん肝！　あとでいっぱいモフモフしてあげるね！

「……で、写真の整理だったっけ？」

「そうそう！　いざ掃除を始めるとさ……小さいときに読んでた漫画とか、小中学校の卒業アルバムとか読み始めちゃうよね？」

「あー、確かにそれはあるかも」

えーちゃんも懐かしさに駆られたのか、わたしと一緒にパソコン画面を覗《のぞ》き込《こ》む。画面に表示されている『思い出の写真フォルダ』には、過去一年半にも及ぶ記録が残されていた。

「うわっ……これなんかデビュー前の写真だよね？」

「そうそう！　まだなんにも決まってなかったときのやつ！」

わたしはフォルダの中から一枚の画像を選択する。

それは放課後の教室で、えーちゃんと一緒に自撮りした写真だった。

制服姿のわたしたちが笑顔で映っており、そこに『デビュー決定！』とカラフルな文字でデコレーションされている。

我ながら笑顔の眩《まぶ》しい、希望に満ちあふれた一枚だ。

「えーちゃんが生放送をしようって言い出したときは驚いたなぁ～」

「それなら、そらがアイドル目指してることを知ったときの方が驚いたよ」

デビューするに至った経緯は、今になっても不思議なものだった。

わたしの夢が全ての発端だけど、えーちゃんと出会わなければ最初の一歩を踏み出すことすらできていなかったろう。

わたしの夢はアイドルになって横浜《よこはま》アリーナでライブをすること。

そらが最前列で歌っている姿を見てみたい――生まれて初めてのライブ鑑賞で聞いたお母さんの言葉が全ての始まりだった。わたし自身、歌うことが大好きだったから、あっという間にその気になった。

でも、具体的な行動に移すことはできなかった。

芸能事務所のオーディションを受けてみようとか、カラオケのコンテストに出場してみようとか……そういうことは思い付きもしなかった。

わたしは自分に自信があるタイプじゃない。

なんの個性もない自分にできることなんてない……と無意識のうちに決めつけて、心のどこかで臆病になっていたのかもしれない。

そんな状況を抜け出すきっかけになったのが、えーちゃんだった。

「まさか、そらがアイドルを目指していたとは……まぁなんとなく気づいてたけどね」

「えっ⁉　気づいてたのっ⁉」

わたしの驚く顔を見て、えーちゃんがニヤリとした。

「気づいてたというか、きっと似合うんじゃないかな……とは思ってたよ。そらは歌うのが大好きだし、クラスのムードメーカーって感じで、周りを笑顔にする力があるように感じてたからね。もしも私がアイドル事務所のプロデューサーだったら、そらのことは絶対にスカウトしてたと思う」

「そ、そうかなぁ……えへへ～♪」

そんな風にほめられると、わたしもついついその気になってしまう。

「でも、まさか具体的なことをなんにも進めていなかったとはね……」

「うぐっ⁉」

浮ついていたわたしの心にえーちゃんの言葉が突き刺さる。

事実、わたしは最初から彼女に頼りっぱなしだ。

えーちゃんはミュージックビデオ……MVの製作に興味があったようで、動画の撮影や編集、インターネット上で公開する方法を心得ていた。

そんな彼女が高校生でも可能なアイドル活動として提案したのが、動画配信サービスを利用した生放送だった。

しかも、えーちゃんは高校生ながら、ちゃんとホロライブの運営さんに連絡を取り、スタジオや機材を貸してもらえるように話を取り付けてくれた。そのおかげで、わたしたちは今もこうしてスタジオを使えている。

「あのときは本当に助かりました……」

「ふふふ、どういたしまして」

こうして始まった活動だったけど、これが前途多難の一言だった。

「これは……最初の生放送の写真だね！」

「さ、最初の……うぐっ⁉」

ピサの斜塔を押し倒そうとしているときのそら……という謎過ぎる写真なんだけど、これに激しく反応したのはえーちゃんの方だった。

「自分の技術の未熟さが、ありありと伝わってきて恥ずかしい！」

「えーちゃん、すっごいあたふたしながらパソコンを操作してたよね。わたしの方も無言の時間が長くて、あとで生放送を見てたお母さんに心配されてたし……」

二〇一七年の九月に行われた記念すべき最初の生放送は『ニコニコ生放送』という動画配信サービスを利用していた。

無言タイムあり、BGMなし、ぎくしゃくしまくりのつたない生放送で、お母さんや友達など、わたしの知っている人たちを除いたら、見に来てくれた視聴者さんは当時たったの十三人しかいなかったらしい。

風の噂《うわさ》によると、その十三人の視聴者さんは『円卓の騎士』という格好《かっこ》いいネーミングで呼ばれているのだとか……わたしにとって今も大切なそらともさんたちだ。

「始めたばかりの頃って、そらはどうだった？」

えーちゃんに聞かれて、わたしは当時のことを思い出す。

「なんか、すごい緊張ばかりしてたなー。ちゃんと企画を進行できるのか、生放送を最後まで終えられるのか、いつも不安に思ってたし……それにあのときは、今みたいに同じ活動をしてる友達もいなかったから……」

「あの頃はまだバーチャルYouTuberっていう呼び方も全然浸透してないような時期だったからね。なかなかVTuberさんと知り合うのが難しかったし……そもそも、わたしたちはYouTubeで活動してなかったっていうね」

「そうだったねー、懐かしい」

わたしたちがＹｏｕＴｕｂｅで活動するようになったのは、ＶＴｕｂｅｒブームの起こり始めた十二月に突入してからだった。

活動自体を始めるのは早かったけど、流行には見事に乗り遅れた……という微妙な立ち上がりだったのを覚えている。

そして、わたしは活動初期から大きな壁に突き当たった。

それはデビュー前から感じていた『個性のなさ』だ。

個性的なＶＴｕｂｅｒさんたちが次々とデビューしていく中で、自分の強みはなんなのかも、どんな風に自分をアピールすればいいのかも分からず、自分はまるで水みたいに無味無臭だな……と当時は思い悩んでいた。

でも、そんなときに助けてくれたのがえーちゃんだった。

「弾き語りをやろうって言われたときは驚いたなぁ～」

「そらを知ってもらうためには得意なことをしてもらうのが一番だからね。それに歌を披《ひ》露《ろう》するＶＴｕｂｅｒさんは多いけど、ピアノの弾き語りができる人って案外珍しいんじゃないかなって思ってさ」

「確かに！」

そんなえーちゃんの計らいのおかげで、わたしはピアノの弾き語りを生放送で披露することになり、しかもその企画は大成功！　それからというものの、ピアノの弾き語りはそらとものみんなに好評の恒例企画になったのだった。

リクエストを募ってみたり、曲への思い入れや豆知識を語ってみたり、みんなとの会話も弾むとても楽しい企画だとわたしも思っている。

最初こそ、ピアノを習っていたときに覚えたクラシックの練習曲が多かったけど、そのうちにレパートリーもどんどん増えていき、大好きなボーカロイドの曲も披露できるようになり、ついには生放送でフル演奏できるまでになった。

それから、季節ごとのイベントにもたくさん挑戦した。

「おおーっ！　これも懐かしい！」

わたしは色々な衣装を試着している写真をクリックする。

最近も着続けているものから、限られたイベントでしか着なかったものまで様々だ。

「それならこっちに実物があるよ。去年と一昨年の衣装ね」

えーちゃんがキャスター付きのハンガーラックを引っ張ってくる。

そこにはイベントごとに追加された衣装の数々が下げられていた。

わたしはそのうちの一つを手に取る。

「これは……ハロウィンの衣装だよね！」

黒とオレンジのカラーリングはいかにもハロウィンらしい。生放送のときは雰囲気に合わせて銀髪のウィッグをかぶったり、フェイスペインティングを描いてもらったりして、とてもわくわくしたのを覚えている。

「あん肝《きも》が初めて来たのもハロウィンだったよね」

「あのときはまだ名前も決まってなかったんだっけ」

「わたしもまさか、あん肝《きも》って名前になるとは思わなかったよ。そもそも、あん肝のことは女の子だと思ってたし、それなのに話し始めたら『ボク』って言ってるし、アクションゲームとかＦＰＳはわたしより上手みたいだし……」

そんなあん肝も今ではすっかりときのそらチャンネルのマスコットである。

動画や生放送で遊ぶゲーム選びをしてくれたし、ＶＲホラーゲームのときは天の声でサポートしてくれたし、現在進行形でスタジオの大掃除を手伝ってくれるし……まさしく縁の下の力持ちだ。

「それから……これはクリスマスの衣装だね」

わたしはサンタクロースをイメージした赤色の衣装を手に取る。

えーちゃんが感慨《かんがい》深そうにうなずいた。

「思い返してみると、あの生放送は本当にすごかったよね」

「そうそう！　みんな、わたしのことをいきなり『ママ』とか『お姉ちゃん』とかって呼び始めるんだもん！　弟がいるから……まあ、リアルでお姉ちゃんではあるんだけど、それにしてもママって……」

「そらの健気《けなげ》に頑張ってる姿は前から好評だったんだけど、まさか母性を見いだす人が現れるなんて予想外だったよ。だから、私も思わず検証動画を作っちゃったんだよね。あれは我ながらファインプレーだったたと思う」

えーちゃんの作ってくれた『ときのそらはママなのか？　お姉ちゃんなのか？』という検証動画は色々な人に見てもらえて、たくさんのそらともさんたちと出会えるきっかけになるのだけど、そんなことを当時のわたしたちは知るよしもなかった。

（個性がないっていう悩みが和らいだのも、あのときがきっかけだったよね）

ママ、お姉ちゃん、先生、幼なじみ……そらとものみんなは、わたしのことを色んな風に呼んでくれる。

そのおかげで、ときのそらの捉え方や楽しみ方は人それぞれで、わたし自身にも色々な面が存在しているんだってことが分かった。

無味無臭の水なんかじゃない……わたしにも自分らしさがあるって知ることができたから、今はそらとものみんなから色んな呼び方をされるのが嬉《うれ》しい。

「最近のそらはママとかお姉ちゃんとかのイメージよりも、そそっかしいとか、おっちょこちょいとかのイメージの方が強そうだけどね」

えーちゃんが「やれやれ……」と言わんばかりにため息をついた。

「そういうえーちゃんもポンコツ女王だよね？」

「ポンコツ女王じゃないです」

「そうかなぁ？　割とポンコツ案件があったと思うけど……あっ！　これって去年のお正月の衣装だよね！」

それは戌年《いぬどし》ということで、犬をイメージした振り袖だった。

首周りにふわふわがついていて暖かそうだったり、頭には犬耳をつけてみたり、これまた手が込んでるんだけど――

「振り袖なのに袖がないんだよ!! みんな、この事実をどう思う!?」

「そら、どこに向かって訴えてるの？」

「そらとものみんなにはテレパシーでも伝わるかと思って……」

わたしは袖のない振り袖に視線を戻した。

「MVでは割と袖のある服を着てるんだけど、生放送だとことごとく袖のない衣装だよね……というか、デザインの段階で袖が存在しないというか、わたしの袖をつけてほしいという意見がいつの間にかスルーされているというか……」

「ホラーゲームで腕は取れるものであるように、ときのそらの衣装からも袖は取れるものだからね……ぬんぬん」

「あっ、その言い回しはわたしをマネしたな～！ しかも誤魔化《ごまか》してるし～！」

わたしはぷんぷんしながら振り袖（袖なし）をハンガーラックに戻す。

次に手に取ったものは、初期の衣装のキラキラバージョンと呼ぶべきもので、はてなマークのついている赤いシルクハットとセットになっていた。

「えっと……これはミラティブQで着た衣装だね！」

「そら、あのときは本当に頑張ったよね」

それはライブ配信アプリ『ミラティブ』で行われているクイズ企画『ミラティブQ』に

司会者として参加したときの話だ。

当時、わたしは初めて経験する重大なお仕事にとても緊張していた。新しい分野に挑戦するため、外部からの案件を引き受けることにしたのだ。

そうして始まったミラティブQだったけど、アプリの不具合で正解者の大半が脱落してしまうアクシデントが発生！　外部のお仕事なのでえーちゃんには頼れず、わたしはどんどん気持ちが追い詰められていき、泣きそうになりながら司会を続けた。

あのときは、とにかくやり終えるだけで精一杯だったのを覚えている。

そんな緊急事態の中で嬉《うれ》しかったのが、なんとクイズに全問正解した参加者が現れたことだ。それも『レオニダス』という屈強《くっきょう》そうな名前の人物で、そらともさんたちの間では伝説的な存在になっているのだとか……。

「司会をしてるときはなんとか我慢できてたんだけど、反省会になったら涙が止まらなくなっちゃって……ホッとするとやっぱり気持ちが緩《ゆる》んじゃうよね」

「いやあ、私もあれは泣いてもいいと思うよ」

えーちゃんが優しく諭《さと》すように言った。

「そらにとってはいい経験だったんじゃないかな？　あれから、そらは司会者の仕事をこなせるようになったし、急なトラブルにも対応できるようになったしね」

「えへへ、そうほめられると照れちゃうなぁ～」

実際、外部のお仕事に落ち着いて臨《のぞ》めるようになったのは確かだ。

わたし自身、そういうことにもっとチャレンジしたいと思っている。

「で、その次がこれか……」

えーちゃんがハンガーラックから暖かそうな冬服を手に取る。それは去年のバレンタインデーで着た衣装で、暖かそうなファーコートにピンク色のセーターとチェックのスカートという組み合わせだ。

その衣装を目にして、わたしは思わず目をキラキラさせた。

「袖がある！　袖があるよ、えーちゃん！」

「神様の気まぐれだね」

「ふふふ、もっと袖をつけてくれてもいいんだよ？」

「それは私のどうこうできる範囲じゃないからなー」

去年のバレンタインデー生放送では、色々なシチュエーションでチョコレートを手渡しする演技に挑戦した。

台詞《せりふ》や演技のリクエストもすっかり定番の企画になっており、わたしも様々なキャラクターやシチュエーションを演じる楽しさを教えてもらった。

「あとは指からハート型のビームも出るようになったよね」

わたしは両手でダブルピースをする。

いつものように『ザシュ！』してみるけど、生放送中ではないのでビームは出ない。

「その辺は私も楽しみながら出せるようにしてたよ」

思い出してクスッとするえーちゃん。

「節分のときは指から大豆が飛び出るようにしたりね」

「えーちゃんのバーチャル技術も日々進化してるよね～」

「運営さんも協力してくれてるし、私もちゃんと勉強してるからね」

えーちゃんがクイッと眼鏡のフレームを指で押し上げる。

ちょっぴり得意げにしているのが、親友のわたしから見てもなんとも可愛《かわい》らしい。

「あっ！　これは猫ちゃん変身セットだね！」

わたしはバレンタインデーの衣装をハンガーラックに戻す。

それからネコミミのカチューシャ、肉球のついているグローブ、ふわふわのブーツ、リボンにつける大きな鈴のセットを手に取った。

白くてふわふわで触《さわ》っているだけで癒《いや》される。

「これも覚えてるよ～。二月二十二日の『猫の日』の生放送でつけたやつだよね。声で操作するゲームでにゃ～にゃ～言ったときとか、猫のことわざを勉強する動画のときもつけてたよね～」

「そらは前から猫になりたいって言ってたもんね」

「わたしがなりたいって言ったのはリアルな猫だったような？」

「まあまあ、そらもかなり楽しんでたじゃん」

「確かにすごく気に入っているけど、なんだか上手《うま》く丸め込まれている気が……」

わたしが真の猫になれる日はいつかやってくるのかな？

猫好きとしてその日を待ち遠しく思うばかりだ。

（そのうち、えーちゃんにも猫セットをつけさせられないかな……）

わたしは密《ひそ》かにそんなことを企《たくら》むのだった。

「それから……新衣装が発表されたのはこのあとだよね！」

「そうそう。五月の生放送からだね」

バーチャルアイドルとしてデビューしてからしばらくの間、わたしは水色を基調とした衣装で活動していた。それが空色の新衣装に変わったのは二〇一八年の五月のことで、ステージ衣装っぽさを意識した華やかなデザインが、そらとものみんなから好評で嬉《うれ》しかったのを覚えている。

「最初の衣装もなんだか懐かしいね～」

わたしは水色を基調とした袖なしの衣装を手に取った。

この衣装も胸元のリボンやヘアピンの色が変わったり、何度かマイナーチェンジを繰り返しながら着てきた。活動してきた時間の半分近くを共にしたわけで、それだけわたしの思い入れも大きい。

こういう大切なものをちゃんと保管しておくためにも、大掃除はちゃんとやらなくちゃいけないんだけど……と思いつつ、わたしは次の衣装を手にする。

「次の衣装は……これかぁ！」

それはサツマイモのような色をした袖なしのジャージだった。しかも、スカートの下にズボンを穿《は》くという奇抜なスタイルで、ご丁寧にもつま先の赤い上履きまでセットで用意されている。

「これはジェスチャーゲームのときに着たやつだよね」

ジェスチャーゲームとは、そらともさんたちからお題を募って、わたしが体の動きだけでお題の内容を伝えるという人気企画だ。

「この企画、わたし好きだな～。そらとものみんな、すぐに当ててくれるし！」

「そらはたまにBGMとか効果音とかを口に出しちゃってたけどね」

「そ、そうかなぁ～？」

わたしはごまかしながら、袖なしのジャージをハンガーラックに引っかける。

「これで活動一年目に活躍した衣装たちは最後かな？」

「細かい装飾品とか小道具は他にも色々とあるけど……それにしても、そらの衣装は改めて見るとかなりあるよね。今後も増えていくことを考えると、収納場所もちゃんと考えないとなぁ……」

むむむ、と複雑そうな顔をしているえーちゃん。

わたしはパソコンの画面に視線を戻した。

「えーちゃん！　ここからはホラーゲームの写真だよ！」

「ああ……もうそんなところか……」

えーちゃんが目を細めてパソコンの画面を見る。

バレンタインデー生放送の前後から、わたしは動画や生放送の企画で、色々なゲームを遊べるようになっていた。

えーちゃんとあん肝《きも》の選んでくれたゲームはバリエーション豊富で、わたしが初めて名前を聞くものも多かった。

キャラクターの可愛《かわい》いリズムゲーム、VTuberさんたちの間で話題になっていた激ムズのアクションゲーム、お題に沿ってお絵描きをするブラウザゲーム、お母さんになって赤ちゃんのお世話をシミュレーションするゲームなどなど……どれも面白かったのでよく覚えている。

そんな中に新たに加わったのが、わたしの大好きなホラーゲームだった。

「まさか、えーちゃんも一緒に遊んでくれるようになるとは思わなかったよ〜！」

「私だって思ってなかったよ！」

「最初はわたし一人でホラーゲームを遊んでたのに、えーちゃんってば横から見てるだけなのにびっくりして声を出しちゃうんだもん」

「まあ、やらかしちゃったのはそれだけじゃないけどね……」

えーちゃんが現実逃避するかのように遠くを見つめる。

動画の収録中にやらかして（？）しまった彼女は、運営さんからの提案でわたしと一緒にホラーゲームをプレイすることになった。

えーちゃんの大絶叫はそらとものみんなにも大好評で、それからわたしと一緒に時々ホラーゲームを遊ぶようになったのだ。

そんなことがあってから、えーちゃんは動画や生放送にも登場するようになった。

さらにはホロライブの後輩たちのサポートもしてくれたり、あんなにやらないと言っていたツイッターのアカウントを開設して、わたしやVTuberさんたちとお話ししたりするようにもなってくれた。

「あのちょっとした悲鳴が、全ての始まりだったと思うと感慨《かんがい》深いよね」

うんうん、とうなずいているわたし。

「それに悲鳴をあげてるえーちゃん、可愛かったなぁ～♪」

「いや、可愛いとかいう問題じゃないから……そもそも私は裏方だし……」

えーちゃんが気恥ずかしそうにうっすらと頬《ほほ》を赤くする。

わたしはそんな彼女の頬を指でツンツンした。

「えへへ、わたしはえーちゃんと一緒に色んなことができて嬉《うれ》しいよ？」

「そらにはもうVTuberの友達がたくさんいるじゃん！」

「えーちゃんは別腹だから♪」

ともあれVTuberさんのお友達が増えたことは確かだ。それにホラーゲームを一緒に遊ぶことができた人も多い。

そのときは大抵、わたしは解説役としてサポートする。これはえーちゃんと一緒にホラーゲームを遊んだときと同じスタイルで、その経験が活《い》かされたんだと思う。

「最近のそら、女の子の悲鳴を食べてるって言われてるからね……」

「そ、そんなことないよ～？　みんなに楽しく遊んでほしいだけだよ～？」

「とか言いながら、悲鳴の素敵なＶＴｕｂｅｒさんを募集してたよね」

「それはほら……リアクションのはっきりしている人だと、ちゃんと楽しんでもらえてるか分かりやすいし、そらとものみんなにもホラーゲームの怖さが伝わりやすいっていう利点があるからね！」

わたしは力説するものの、えーちゃんには「はいはい」と流されてしまう。

（本当にそう思ってるのになぁ……）

ホラーゲームの写真の次には、ＶＴｕｂｅｒさんたちとコラボしたときの写真がずらりと並んでいる。

えーちゃんが写真を眺めながらしみじみと呟《つぶや》いた。

「実際、そらは本当に友達が増えたよね。色んなイベントにも参加したし……」

「確かに！　もう両手じゃ数え切れないくらいだよ」

ＶＴｕｂｅｒさんたちと人狼《じんろう》ゲームで遊んでみたり、大規模なゲーム大会にチームを組んで参加してみたり、カラオケでデュエットや合唱を楽しんだり……本当にたくさんのよい経験をさせてもらった。

「あっ！　葵《あおい》ちゃんだぁ～♪」

わたしはとあるツーショット写真を見つけて思わずにんまりする。

一緒に写っているのは、黒髪のポニーテール美少女、キミの心の応援団長こと、VTuberのお友達である富士《ふじ》葵ちゃんだ。

「葵ちゃんはいつ見ても可愛《かわい》いよ～♪　それに歌がとっても上手でさぁ！」

「うんうん、あの歌声は元気をもらえるよね」

生放送に一緒に出演したり、MVでデュエットしたり、収録が終わったあとにはえーちゃんも含めてお食事に行ったり……わたしたちはいつの間にか、お互いを『真のバディ』と呼び合うまでになっていた。

わたしと葵ちゃんの組み合わせは、そらともさんたちから『そらあお』と呼ばれて、みんなの間で尊い……もとい、てぇてぇ感情を巻き起こしているとか。

「そらにいい友達ができて本当によかったよ」

えーちゃんが娘を心配するお母さんのようなことを言った。

「お互いを高め合う関係っていうのかな……あれから、そらも歌の練習にそれまで以上に集中できるようになった気がするんだよね」

「そう！　そうなの！」

実際のところ、葵ちゃんとのデュエットはとても刺激になった。

「歌ってみた動画を見るときにも感じてたんだけど、同じ曲でも解釈の仕方とか表現の仕方とかに個性が出るでしょ？」

「うんうん、私も動画編集の参考によく見るから分かるよ」

「それが一緒になって歌うとさらによく理解できるんだよ！　表現力の高さとか、そもそもの声量の大きさとか、音程の取り方とか音域の幅とか……そういう基本が大切だってことも分かってきたの」

VTuberとして活動を始める前、わたしはピアノを少し弾けるだけの単なる歌好きでしかなかった。

本格的なボイストレーニングを受けたことはなかったし、そもそも歌がうまくなるためにプロの指導を受けるという発想にすら至らなかった。

その結果、わたしはsoraSongの『夢色《ゆめいろ》アスタリスク』を歌ったとき、そらとものみんなから喉《のど》の心配をされることになった。

さらには作曲者さんにまで「ときのそらにあんなハイキーの曲を提供するなんて！」と非難の声が届いたと聞いている。

そらとものみんなに喉を心配されたり、作曲者さんに迷惑をかけたりするようではいけない。幅広い音域の声を出せるようになって、色々な曲を歌えるようになりたい。あのときから、わたしはなおのこと真剣に考えるようになった。

そうして辿《たど》り着《つ》いた答えの一つが、大人気のボーカロイド曲『太陽系デスコ』の歌ってみた動画だ。

『太陽系デスコ』はそのキャッチーな曲調と裏腹に、原曲キーで歌うのがとても難しい。

というのも、ボーカロイド曲の持ち味の一つである『生身の人間ではまともに出せないくらいの高音ボイス』を『太陽系デスコ』は最大限に活《い》かしているのだ。でも、難しいからこそ歌いきったときの達成感もひとしおで、しかも『太陽系デスコ』を歌ったＭＶはＹｏｕＴｕｂｅであっという間に一〇〇万再生を記録！　わたしのチャンネルで初めてのミリオンを達成した動画になった。

　再生数が全ての指標になるというわけではないけど、それでもやっぱりたくさんの人たちに視聴してもらえたということは自信につながった。

「あのとき、えーちゃんは動画の編集だけじゃなくて、バックコーラスとして声も入れてくれたんだよね」

「あれかぁ……」

　えーちゃんが当時のことを思い出して苦笑いする。

「レコーディングスタジオのスタッフさんに『バランス的にバックコーラスで低い声がほしい』って言われて、そうなったら私しかできる人いないじゃん……っていう苦肉の策だったけどね」

「それで本当にできちゃうんだから、えーちゃんはやっぱりすごいな～」

「いやいや……そらの方こそ、あの難易度が高い楽曲をマスターできたんだからすごいと思うよ。おかげでオリジナルの楽曲を提供してもらったときも、正面から受け止められるようになったんじゃない？」

「確かにそれはあると思う」

ありがたいことにボカロPさんとコラボして、オリジナルの楽曲を歌わせてもらえる機会が何度もあった。そういうときに高い声が出ないとか、早口で歌えないとか、自分の至らなさが原因で楽曲を歌いこなせないのでは作曲家さんに申し訳ない。

でも、今は自信を持って「どんな曲にも挑戦します！」と言える。

「あ、これは……ニコ生でやった一周年記念のときの写真だね！」

そこには学校の教室を背にして、色々なポーズを取っているわたしとえーちゃんの姿が映されていた。

VTuberの波が来ていると知り、メインの活動場所をYouTubeに移していたわたしたちだったけど、その後に改めてニコニコ生放送でチャンネルを開設した。思い出深い場所への凱旋《がいせん》というわけだ。

ニコニコ生放送ではいつもとひと味違った生放送が行われることもある。

お友達のVTuberさんをゲストに呼んでみたり、大がかりな仕掛けの必要な企画が行われたり、謎のスパルタ兵が背景にたたずんでいたり、ときにはプレゼント企画なんかもすることもある。

「私とそらでグラビア撮影会をやったときかぁ……いや、なんで私まで写真を撮られることになってしまったんだか……」

「えーちゃんと一緒に色んなポーズするの楽しかったなぁ～♪」

ハート型を作ろうと二人で大きく両手を広げて、いびつなピーマンみたいな形になってしまったのもよい思い出だ。

「それにそらとものみんなとえーちゃんから、寄せ書きでメッセージをもらえたのが嬉《うれ》しかったな〜。あのとき、二人して泣きそうになっちゃったよね」

「あれは泣きそうにもなるよ。二人三脚でやってきた一年間だったもん」

わたしたちが活動を始めたとき、目の前に広がっていたものは決して希望に光る道筋ではなかった。

むしろその逆と言うべきか……真っ暗な森の中を進むヘンゼルとグレーテルのような心細さだったことを覚えている。

でも、新しいことを試したい、昨日の自分よりも一歩先に進みたい……いつもそんなことを考えてわくわくしていた。

そうして二人で前に進み続けるうち、いつの間にか道行く先に光が見え始めて、たくさんのそらともさんたちやVTuberさんたちと出会えた。

決して楽しいだけの道のりではなかったけど、今のわたしたちがあるのはこの道を歩き続けてきたからだ。

「いやぁ……なんだかしんみりしちゃったね」

えーちゃんが冗談めかして言った。

当時のことを思い出して、わたしも胸がいっぱいになっている。

これ以上、懐かしさに浸っていたら思い出し泣きしてしまいそうだ。

「ええと……ここからは二回目の季節イベントだね」

わたしはまたパソコンのディスプレイに視線を戻す。

ハロウィン、クリスマス、年越し、お正月……。

活動二年目のイベントはわたしも記憶に新しい。

「VTuberのお友達の銀河《ぎんが》アリスちゃんと一緒にライブをしたでしょ。NHKのバーチャルのど自慢にも参加させてもらったでしょ。アニメにも出演したでしょ。念願のメジャーデビューも決まったでしょ。それからそれから……」

「今はまだ発表できてないけど、これからもイベントがたくさんあるよね」

「うーん、早くみんなにお知らせしたいな～っ！」

これからのことを考えると今からうずうずしてくる。

わくわくして仕方ないこの気持ちを今すぐみんなと共有したい。

「さぁて、そら……写真を眺めるのはこれくらいでいいんじゃない？」

未来に思いを馳《は》せていると、えーちゃんがいきなり語気を強めて言った。

「……え？」

「大掃除、やらないとね？」

「そ、そうだね？　あ、あーっ！　えーちゃん、外！　外を見て！」

「いや、そんな手でごまかされな……」

そう言いつつも、えーちゃんがつられてわたしの指さす窓の外へと振り返る。

「あれ？　ちょっと収まった？」

スタジオに来るときも降っていた雪の勢いが、いつの間にか穏やかになっていた。

これくらいなら傘がなくても出歩けそうだ。

「えーちゃん、外に出てみようよ！」

「ようやくスタジオも暖まってきたのに……」

「ちょっとだけ！　ちょっとだけだから！」

わたしはえーちゃんを連れて、早速スタジオを飛び出した。

スタジオ前の歩道には昨晩から降り続いた雪が積もっており、行き交う人々の足跡がいくつも残されている。街路樹の枝葉も雪化粧が施されて、さながら飾り付けで白いふわふわの綿をのせたクリスマスツリーだった。

「せっかくだから公園まで行ってみよう！」

「まあ、ここまで来たからには付き合うよ」

わたしたちはスタジオの近くにある公園に足を延ばす。

公園は一面が雪景色になっていて、近所から集まってきた子供たちが、雪合戦をしたり小さな雪だるまを作ったりして遊んでいた。

そんな光景を目の当たりにして、わたしもうきうきしてくる。

「よーし、わたしも雪だるまを作ってみる！」

わたしは手袋をはめた手で雪をかき集める。

まずは小さな雪玉を作り、それを雪の上で転がして大きくした。

大きめの雪玉が二つできあがったら、それを重ねて雪だるまの形は完成だ。

「そら、これって使えるんじゃない？」

えーちゃんが拾ってきたのは落ち葉とドングリだった。

わたしはそれを見た瞬間に彼女と通じ合う。

「ありがとう、えーちゃん！　これがあれば……」

丸っこいドングリはつぶらな瞳と小さな鼻に、落ち葉は胸の名札にして――

「あん肝《きも》風の雪だるま、完成！」

わたしは手乗りサイズの雪だるまを掲げる。

丸っこい耳にふっくらとした口元もかなりいい感じに再現できた。

「そら、すごいじゃん！　これは記録に残しておかないと！」

えーちゃんが目をキラキラさせてスマホを取り出す。

わたしもついしたり顔になり、雪だるまとのツーショットを撮ってもらった。

背後から不気味な声が聞こえてきたのはそのときだった。

『タス……ケテ……タス……ケテ……』

「ひゃひっ!?」

えーちゃんの手からスマホが滑り落ちる。

わたしはとっさに振り返ってみるけど、そこには子供たちの作った小さな雪だるまたちが並んでいるだけだった。

しかし、助けを求める声は弱々しくも確かに聞こえてきている。

えーちゃんの顔が青ざめて、体がガタガタと震え始めた。

「ま、まさか……冬の公園で遭難した人の幽霊《ゆうれい》⁉」

「えーちゃん、落ち着いて……あれっ？」

わたしはふと雪だるまが一つ増えていることに気づいた。

しかも、それはあん肝《きも》にそっくりな見た目をしている。

もちろん、わたしが作ったあん肝風雪だるまは今も手のひらの上。

それなら、新しく増えた雪だるまの正体は――

『ソラ……エーチャン……ボクダヨ……アンキモダヨ……』

よくよく観察してみると、雪だるまから聞こえてくる微《かす》かな声。

新しく増えた雪だるまの頭からぬいぐるみの耳がはみ出ていた。

「あ、あん肝っ⁉　あん肝なのっ⁉」

わたしは謎の雪だるまから雪を払ってあげる。

すると、雪だるまの中からひえひえになったあん肝が出てきた。

「だ、大丈夫、あん肝？　こんな冷たくなっちゃって……」

『……ふ、二人のことを追いかけてたら、滑って転んで雪だるまになっちゃった。ボクは寒さには強いけど、動けなくなるのは困っちゃうよね』

思ったよりも平気そうなあん肝。

不気味な声の正体が分かり、えーちゃんもようやく胸を撫《な》で下《お》ろした。

「肝《きも》が冷えたよ……いや、これは冗談ではなくね」

「あん肝はわたしが温めてあげるね」

わたしはあん肝を抱き上げてぎゅっとしてあげる。

すると、えーちゃんがわたしの髪についている雪を払ってくれた。

どうやら、雪だるま作りに夢中になってる間に積もってしまったらしい。

「そら、そろそろスタジオに戻って大掃除を始めようか」

「そうだね！　今度はわたしがちゃんと頑張るよ～。ぬん！」

わたしたちは足取りも軽やかにスタジオへの道を引き返す。

今頃はスタジオもすっかり暖まっていることだろう。

あん肝をだっこして歩きながら、やる気がどんどんとわいてきた。

「気持ちよく春を迎えるためにも大掃除を終わらせなくちゃね、えーちゃん！」

「それなら最初からやる気出してよ、そら」

「えへへ、ごめんね……その分、今からたくさん頑張るから！」

「段ボール箱を運んで足をくじいたりしないようにね」

「わたしも成長してるんだからね、えーちゃん♪」

わたしとえーちゃんは顔を見合わせて微笑《ほほえ》み合う。

雪の降り積もる道にわたしたちの足跡が残された。

×

季節はすっかり春になり、暖かい陽気の日が多くなってきた頃。

スタジオの近くにある公園も桜が満開ということで、わたしとあん肝《きも》とえーちゃんの三人はお花見に繰り出した。

公園には同じくお花見をしている人たちや、春休みを満喫《まんきつ》している子供たちで賑《にぎ》わっている。

わたしたちも芝生にレジャーシートを広げて、持ってきたお菓子や飲み物を並べた。

その間にも、頭上からはひらひらと桜の花びらが落ちてきている。

「桜が満開のうちに間に合って、本っ当によかったぁ～」

レジャーシートの上で脱力しているえーちゃん。

わたしはお菓子の箱を開けて彼女に持たせてあげた。

「今年に入ってから本当にバタバタしてたもんね」

「でも、頑張った甲斐《かい》があったよ。大掃除が済んで新しい機材も置けるようになったし、そらのＣＤデビューも大成功だったし、それに高校も無事に卒業できたし……ＶＴｕｂｅ rの友達もたくさんできたし、ホロライブの後輩もできたし、そらともさんもたくさん増えて、もっと活動の幅を広げられる！」

えーちゃんが目をキラキラさせながらお菓子を食べる。

『ハイ！　二人ともこっち向いて～』

あん肝は大きなカメラをかかえて、お花見を楽しむわたしたちを撮影している。

それはもう本職のカメラマンかと思うほどの激写っぷりで、こうしてパソコンの中の写真フォルダに画像が増えていき、あとで見返したときに消費される時間もながーくながーくなっていくわけだ。

でも、これもまた大切な思い出になるはず。

わたしはカメラに向かって『ザシュ！』のポーズをした。

「ほら、えーちゃんも一緒に！」

「えっ？　私もやるの？」

「せっかくだから二人で同じポーズしようよ！」

わたしは戸惑っているえーちゃんの肩を抱き寄せる。

えーちゃんは恥ずかしそうにしながらも『ザシュ！』のポーズをしてくれた。

あん肝がパシャリとカメラのシャッターを切る。

お望みの写真が撮れたようで、それからニッコリと微笑んだ。

そんな風にしてお花見を楽しんでいるわたしたちの耳に、お花見やレジャーに興じる人々の楽しそうな声が聞こえてくる。

「ホロライブのみんなとか、お友達のＶＴｕｂｅｒさんも呼びたかったなぁ～」

わたしは満開の桜を見上げながらつぶやいた。

「みんなでお花見をしながら、カラオケ大会とかゲーム大会とか……」

「あー、それはすごく楽しそう」

「生放送するわけじゃないんだから、えーちゃんも参加してよね？」

「ええー。いいよ、私は進行役とかでさ」

えーちゃんが飲みかけの缶ジュースをレジャーシートに置き、遠い目をして桜の花びらが舞う光景を見つめる。

「本当は集まれたらよかったんだけどね……。私たちも前々から計画してたわけじゃなくて、たまたま生放送の前に時間があったから来てみただけだし……そもそも、本当ならたまってる動画を編集しなくちゃいけないわけで、ははは……」

「わたしたちも毎日楽しいけど忙しいよね。そういうときこそ、こうしてたまには息抜きしてリフレッシュしなくちゃ！　えーちゃんは特に頑張り屋さんだもん」

「いやいや、そらの頑張りには負けるよ～」

「いやいやいやいや、えーちゃんの方こそ！」

わたしたちは顔を見合わせて、思わずクスッとしてしまう。

そんなとき、あん肝《きも》のちょっと困ったような声が聞こえてきた。

『ボ、ボクは写真を撮る方なんだけど〜っ⁉』

わたしたちが気づかないうちに、あん肝の周りには人だかりができていた。

動いてしゃべるクマのぬいぐるみはバーチャル世界でもかなり珍しい。

お花見で盛り上がっている人たちや、公園へ遊びに来た子供たちから注目を浴びて、あん肝は四方八方から話しかけられたり、携帯電話やカメラでパシャパシャと写真を撮られているのだった。

「あん肝、人気者だぁ！」

「いつの日か、そらもあんな感じになったりして……」

「どうなんだろうね？」

そんなことを話しているうちに、あん肝がもみくちゃになりながらも人だかりから抜け出してくる。

わたしはくたくたになったあん肝をだっこしてあげた。

「おかえりなさい、あん肝」

『ボクに人気者は荷が重いよ……』

「あん肝はわたしのクマさんなんだから、無理に頑張らなくてもいいんだからね？」

『ありがとう、そら。でも、ボクもボクなりに頑張ってみるよ〜』

心なしかキリッとした顔をしているあん肝。

それから、わたしはえーちゃんの方に振り返って言った。

「そして、えーちゃんもわたしのものだからね‼」

「ぶはっ⁉」

えーちゃんが飲みかけのジュースを吹き出してしまう。

「そんなに気合いを入れて主張されるとびっくりするんだけど？」

「えーちゃん、最近色々なところに顔を出してるし、それでたくさんのＶＴｕｂｅｒさんとも仲良くなってるからね……この辺で改めて主張しておかないと、誰かにとられちゃうかもしれないもん！」

「そこは親友のことを信用してよ……というより、単なるやきもち？」

えーちゃんの問いかけにわたしは「ぬん！」とうなずいた。

そんなわたしの頭をえーちゃんがぽんぽんしてくれる。

「はいはい、今日は私を独り占めにしていいからね」

「わ〜い♪」

「その代わりに……」

えーちゃんがニヤリとしてスマホを取り出した。

「お花見をお楽しみ中のそらに、新年度の抱負でも聞こうかな？」

「え〜っ？　もしかして録画するの？」

「ふふふ、私が単なる息抜きだけでお花見に来ると思った？　せっかくのロケーションなんだから動画の一本でも撮らないとね。それに春は新生活スタートの季節だし、抱負を語るのはちょうどいいじゃん？」

「……確かに！　えーちゃん、流石《さすが》は色々と考えてる！」

いきなりの動画収録には驚かされたけど、これもやっぱりわたしのことを一番に考えてくれてのアイディアなのだ。

……とはいえ、突然のことには変わりない。

わたしはあん肝《きも》を下ろしてあげて、慌てて前髪を手ぐしで整えた。

「お、おかしくなってないよね？」

「なってないなってない」

やけにニコニコしているえーちゃん。

「そらとものみんなに向かって、そらの新年度の抱負をよろしくね」

「新年度の抱負かぁ……」

わたしは頭を悩ましてうーんと唸《うな》る。

「夢は相変わらず横《よこ》アリなんだけど……それが抱負だとダメだよね？」

「それは最終目標だからね」

「そうなると……やっぱりわたしの考えてることは一つで、これからもみんなで楽しく活動していきたいってことかな。えーちゃんとあん肝と、VTuberのお友達やホロライブの後輩たち……もちろん、そらとものみんなとも一緒に頑張っていきたいと思うので、これからもわたしのことを応援してくれると嬉《うれ》しいですっ！」

わたしたちだけではなく、みんなで一緒に駆け抜けてきた一年半。

こんなに楽しかった時間がいつまでも続けばいいと思うし、わたしたちのことを応援してくれているそらとものみんなも、同じくらい楽しい毎日を過ごせて、そして元気になってくれたらいいなと願っている。

「みんなにとって楽しく幸せでキラキラした一年になりますように！」

この想《おも》いはきっと届く。

わたしはそんな素敵な予感を覚えていた。

「いきなりだったけど、ちゃんと気持ちを伝えられたね」

えーちゃんがほっこりとした顔をする。

「私も親友として、裏方として、そらとも第一号として……これからも、バーチャルアイドルときのそらを応援していくよ」

「これからもよろしくね、えーちゃん」

「こちらこそ、そら」

スマホ越しに微笑《ほほえ》み合うわたしとえーちゃん。

そんなわたしたちの間であん肝《きも》がぴょんぴょんと跳《は》ねた。

『ボクも頑張るから期待しててね！』

「……よし、録画終了！　これはいい感じかな」

スマホ画面を眺めながら、えーちゃんが満足そうにフフッと笑った。

「最後、ちょうどジャンプしたあん肝の顔がアップで映ってる」

「見せて見せて！」

わたしもつい気になってえーちゃんのスマホを覗《のぞ》き込《こ》む。

しっかり話せていたかも気になって、画面をタッチして動画を最初まで戻した。

「あぁ――――――っ⁉」

その瞬間、わたしは公園中の人たちが振り返るくらいの声で叫んでしまった。

動画に映っているわたしの髪に、いくつも桜の花びらがついていたのだ。

そのことに気づかず、新年度の抱負を語っていたなんて……これは恥ずかしい！

「えーちゃん、分かってて録画したでしょ！　撮り直そうよ～っ！」

今になって恥ずかしさから頬《ほほ》が熱くなってきた。

えーちゃんはそんなわたしを余所《よそ》にスマホをちょちょいと操作する。

「いいじゃん、これはこれでね……！　はい、ツイッターにアップロード完了っと」

「ぐぬぬ、えーちゃんのアカウントにまでは手が出せない……」

こうなったら、わたしも最終手段を取るしかない。

わたしはえーちゃんの肩を叩《たた》き、耳元でボソッとささやいた。

「えーちゃん、ホラーゲームの刑だからね」

「ええっ⁉　そ、それだけは勘弁してください……」

「今日の生放送でそらとものみんなにジャッジしてもらおうね～」

「そんなの絶対にやらされるに決まってるじゃーん!!」

今度はえーちゃんの叫びが公園全体に響き渡る。

わたしは一矢報《いっしむく》いたので満足して、小刻みに震えているえーちゃんに激辛のスナック菓子を食べさせてあげる。

すると、さっきまで落ち込んでいたえーちゃんが途端に笑顔になった。

「からい！　おいひい！」

「それじゃあ、お花見の続きしよっか♪」

桜の花びらが舞う晴れ晴れとした青空が、わたしたちのことを応援してくれているように感じる。

いつの日か夢を叶《かな》える……そんな気持ちを胸に抱き、今このときを全力で楽しもう。

そんな前向きな気持ちになれる新しい季節の始まりだった。

あなたの心は…
「くもりのち晴れ!」
ライトノベル出張版
ホロライブ編

とある荒地にいる、いつも
ひとりぼっちのポンコツロボット。
たくさんの人と交流をして
毎日を楽しく過ごすことが目標。

Twitter▶ @robocosan

YouTube チャンネル▶

そらともネーム：ロボ子さん

はろ～ぼ～！高性能ロボットのロボ子だよ
ボク、最近運が無くて困ってるんだ ;;
ポケモン大会では確率低いはずなのに連続でギロチン決められたり、大事な収録や DJ イベントの前にバーチャルインフルエンザになったり…
あ、DJ のはギリギリ頑張ったよ！　楽しかった！　というわけで……どうやったら運がついてくるかな？　そらちゃん、教えて～

Answer

いやいやそんなピンポイントでなにかがおこるなんて、ある意味すごい運だと思うよ～!

しかもそんな「持ってる」エピソードで色んな人に知られてロボ子ちゃんのファンが増えたりすることもあるし、ギリギリで乗り切れてるならきっと大丈夫さぁ。

でもバーチャルインフルエンザはつらいから、夜更かしはほどほどに…風邪に気をつけてお互い元気に活動しようね!

あなたの心は…
「くもりのち晴れ！」
ライトノベル出張版
ホロライブ編

電脳世界に住むエリート巫女 (❀ㆆ ㆆ)୨✧
式神の金時、電脳乃神と共に暮らしている。
「三度の飯よりたい焼きと美少女が好き。」

Twitter▶ @sakuramiko35

YouTube チャンネル▶

そらともネーム：さくらみこ

にゃっはろ～！　そら先輩に相談があります！　あの、えと、可愛い女の子を目の前にすると…どうしても“色々”意識しちゃってうまく話せないんです…。

でもホロアニメの主演としてはどうにか余裕のあるいつものエリート巫女になりたいんです！

どうすればそら先輩みたいに女の子と余裕を持ってお話できますか？

Answer

色々?ってなんだろう…みこちゃんがよく言ってるコンロさんとも関係あるのかな?

女の子はみんなかわいいから、もちろんエリート巫女さんのみこちゃんだってとってもかわいい、自信をもっていいんだよ?　そしてかわいい子に対しては「よしよし」ってしたくなるものでしょ?　みこちゃんもとりあえず「よしよし」してみよー!　そしたら、きっと仲良くなれること間違いなしだと思います!

あなたの心は…

「くもりのち晴れ！」

ライトノベル出張版

Virtual Diva編

歌が大好きで、歌うために
転生したVirtual Diva。
バーチャル高円寺在住の18歳（永遠）。
好きな食べ物はあんまん。
身長が高いことがちょっとコンプレックス。

Twitter▶ @AZKi_VDiVA

YouTube
チャンネル▶

そらともネーム：AZKi

そら先輩相談です。

あ、AZKi です。私は普段歌の動画を上げたり生放送で歌ってるんですけど、衣装の露出が多くて体型維持が大変です。。。

あと布が少なくて寒いです。。。そら先輩は体型維持とか寒さ対策とかどうしてますか？

Answer

AZKiちゃんわかるよその悩み～！　わたしも普段の衣装には袖がないし、おへそも出てるから体型維持には気をつけてるんだ～。でも慣れちゃうとそのままの服装でもバーチャル北海道に行けちゃうし、暑がりだから夏は快適で助かる部分もあるの！　それにもし食べ過ぎちゃったなって思ったら、マネージャーのツラニミズさんにお願いしてこっそりバーチャル衣装のサイズを調整してもらっちゃおう♪　これがバーチャルYouTuberのいいところ…なんてねっ！

あとがき

『ときのそら　バーチャルアイドルだけど応援してくれますか？』を手にとってくれたみなさんこんにちは、ときのそらです！　たくさんある本の中から、わたしの本を見つけてくれてとってもうれしいです、ありがとうございます！

今回は普段バーチャルＹｏｕＴｕｂｅｒでアイドルとして活動するわたしの日常が本になったということで…正直に言うととっても不思議な感じです！（笑）　わたしにとっては、えーちゃんやあん肝《きも》と過ごすいつもと変わらない日常なので、それを作品という形でお見せするのはちょっぴり恥ずかしい感じもして、本屋さんに並ぶ自分はどんなかんじかな…？とそわそわしています。

わたしは歌をうたったり、大好きなホラーゲームをしたりして「横浜《よこはま》アリーナでのライブ」を目指しながら、えーちゃんやあん肝、ＶＴｕｂｅｒのお友達、ホロライブの後輩たちみんなと楽しく過ごしています。この本を読んでそんなわたしの活動の裏側や、楽しかった高校の日常を一緒に体験している気分になってもらえたらうれしいです。

いつも応援してくれるそらとものみんなも、この本を手にとって新しくわたしを知ってくれたみなさんも、ここまで読んでくれて本当にありがとうございました！　今回のお話はここで終わりですが、これからもわたしは止まらないので……応援よろしくね！

ときのそら

STAFF

原作・原案

カバー株式会社
ときのそら
友人A

著者

兎月竜之介

イラスト

おるだん

デザイン

木緒なち(KOMEWORKS)

編集

大竹卓

SPECIAL THANKS

あん肝　夜空メル　アキ・ローゼンタール
赤井はあと　白上フブキ　夏色まつり
湊あくあ　紫咲シオン　百鬼あやめ
癒月ちょこ　大空スバル　大神ミオ
ロボ子さん　さくらみこ　AZKi

そらとものみんな

MF文庫J

ときのそら
バーチャルアイドルだけど応援してくれますか？

2019年 4月25日　初版発行
2025年 4月15日　10版発行

原作・原案　カバー株式会社

著者　兎月竜之介

発行者　山下直久

発行　株式会社 KADOKAWA
〒102-8177 東京都千代田区富士見 2-13-3
0570-002-301（ナビダイヤル）

印刷　株式会社 KADOKAWA

製本　株式会社 KADOKAWA

Printed in Japan　ISBN 978-4-04-065621-2 C0193

●お問い合わせ
https://www.kadokawa.co.jp/（「お問い合わせ」へお進みください）
※内容によっては、お答えできない場合があります。
※サポートは日本国内のみとさせていただきます。
※Japanese text only

◆◇◇

【 ファンレター、作品のご感想をお待ちしています 】
〒102-0071 東京都千代田区富士見2-13-12
株式会社KADOKAWA　MF文庫J編集部気付「ときのそら」係「兎月竜之介先生」係「おるだん先生」係

新時代を彩るバーチャルアイドルときのそらメジャーデビューアルバム

通常盤
初回限定盤

長女
四月一日《わたぬき》 一花《いちか》(25)
ときの そら

次女
四月一日《わたぬき》 二葉《ふたば》(23)
猿楽町《さるがくちょう》 双葉《ふたば》

三女
四月一日《わたぬき》 三樹《みつき》(20)
響木《ひびき》 アオ

OPテーマ：chelmico「switch」(unBORDE/WARNER MUSIC JAPAN)

EDテーマ：SILENT SIREN「四月の風」(EMI Records)

放送：2019年4月19日(金)より毎週金曜深夜0時52分～　好評放送中
放送局:テレビ東京 テレビ大阪　他　出演:ときのそら、猿楽町双葉、響木アオ
企画・構成:酒井健作　脚本:ふじきみつ彦、じろう(シソンヌ)、土屋亮一、堀雅人、熊本浩武
監督:住田崇、湯浅弘章、渡辺武、太田勇
チーフプロデューサー:大和健太郎　プロデューサー:五箇公貴、赤津慧、向井達矢
制作:テレビ東京　ハロー　制作協力:ラインパック　製作著作:「四月一日さん家の」製作委員会

ときのそら
TOKINO SORA

PROFILE

2017年9月07日より活動を開始し、生放送や歌動画の投稿を中心に、バーチャルアイドルとして活動している。活動当初から「横浜アリーナでの単独ライブ」を目標として掲げており、2019年3月27日にはビクターからアーティストとしてデビューし、フルアルバム『Dreaming!』を発売。2019年4月19日から放送のテレビ東京ドラマ『四月一日さん家の』にて女優デビュー。

SoraCh. ときのそらチャンネルおすすめ動画

おすすめ動画①

【『Dreaming!』発売記念】アナタのお悩み…"コレ"で全部解決できるかも!?【※効能は個人差がありますが、自信あります!】

おすすめ動画②

【ドッキリ】ペヤング激辛MAXENDだと思わせて普通のペヤング食べさせてみたら…

おすすめ動画③

【魔女の家MV】よく驚く親友に難易度最高でホラーゲームを実況させてみた【音量注意】